感恩所有

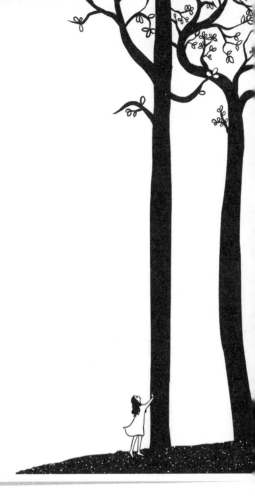

主　编：王泉根
执行主编：张国龙　毕　坤
编委会（按姓氏笔画排列）：
　　方红珊　王泉根　孔　倩　王　越
　　王　淼　安　平　毕　坤　张国龙
　　严晓驰　钟　蕾　徐　河　韩沐霏

长江出版传媒　长江少年儿童出版社

图书在版编目（CIP）数据

感恩所有 / 王泉根主编. - 武汉：长江少年儿童出版社, 2014.11
（生命教育系列）
ISBN 978-7-5560-1599-3

Ⅰ.①感… Ⅱ.①王… Ⅲ.①生命哲学 - 青少年读物 Ⅳ.①B083-49

中国版本图书馆CIP数据核字（2014）第247526号

　　本书收入的部分文学作品稿酬已委托中国文字著作权协会转付，敬请相关著作权人联系。电话：010-65978905/06/16/17，传真：010-65978926，E-mail：wenzhuxie@126.com

感恩所有

出版发行	长江少年儿童出版社
业务电话	（027）87679199　（027）87679179
网　址	http：//www.hbcp.com.cn
电子邮件	hbcp@vip.sina.com
承印厂	北京地大天成印务有限公司
经　销	新华书店湖北发行所
印　张	7.75
印　次	2014年11月第1版　2014年11月第1次印刷
印　数	1-10000册
规　格	880mm×1230mm
开　本	32开
书　号	ISBN 978-7-5560-1599-3
定　价	25.00元

本书如有印装质量问题可向承印厂调换

我们需要一门叫"生命"的课程（总序）

王泉根

生命是人最重大的事情。人最宝贵的是生命，因为生命属于人只有一次，而且人人平等。

"我是谁？我从哪里来？要到哪里去？""我是什么？我应该是什么？我将会是什么？"这是西方哲人纠结心底的苦恼，苏格拉底曾为探索人的生命本质而焦虑了一生。

"未曾生我谁是我？生我之时我是谁？长大成人方是我，合眼蒙眬又是谁？"这是东方大清朝顺治皇帝一直解不开的心中大惑。谁能读懂生命的来龙去脉？从帝王到平民，从来都是一头雾水。

生命到底是什么？人要怎样活着？活着又是为了什么？——人世间多少人为此而苦苦思虑，古今中外又有多少作家、诗人为此而殚精竭虑上下求索。从战国屈原的《天问》到民国鲁迅的《朝花夕拾》，从意大利但丁的《神曲》到俄罗斯普希金的《纪念碑》……

苏联战士作家奥斯特洛夫斯基在其自传体长篇小说《钢铁是怎样炼成的》中所写的那一段关于生命的叩问，曾激励过无数年轻的生命，多少人将这段文字抄录了下来："人最宝贵的是生命。生命对于人只有一次。人的一生应当这样度过：当回忆往事

卷/首/语

　　春意萌，享受和风拂面，燕语呢喃，便是幸福。归家，永远有盏灯为你而留，便是温暖。哭泣跌倒，双手扶，温柔安慰，便是感动。每个白日，能够呼吸、跳跃、快乐、伤心，便是值得。

　　能在生命的每一天，看并感受到让心灵悸动的上述种种，你便是一个懂得爱、懂得感恩的人。可爱的你深信——世间万物必有心、有爱、有恩、有情。

　　感恩滋养生命，爱必丰润生活。谁人不知，活着便要感恩自己的生命，提醒自己生活中处处皆幸福。

　　林清玄曾言："感恩不一定要感谢大恩大德，感恩是一种生活态度，一种善于发现美并欣赏美的道德情操。"建立一种乐观的心态，培养一双发现美的明眸，便已携感恩上路。

　　感恩在冰心的诗中，更是一种"爱的哲学"。不论母亲、孩童，还是自然，感恩应是万物平等，是心怀大爱，是拥抱一切。

　　而在泰戈尔的智慧里，感恩就像"埋在地下的树根使树枝产生果实，却并不要求什么报酬"一样，无私奉献，使生命发光发热，给别人带来光明的同时，也驱走自己内心的黑暗。

　　生如夏花，短暂而珍贵。而一次次让幸福铭刻的，只有爱，只有感恩。

　　相信我，选择怒放抑或枯萎，即在你一念之间。

目 录 / Contents

　　在本书的编选过程中，我们得到了各位朋友的热情帮助，在此深表谢意！

　　大部分作者、译者的稿酬及样书，我社已委托中国文字著作权协会代存、代转；另有个别作者、译者，尽管经过多方努力，仍无法确知联系方式，特此致歉！希望文章版权所有人见书后与我社联系，联系电话：010-59766186。

站台1　走出阴影，给遗憾一个微笑

人的一生，总不免有些许遗憾。也许是没能拥有健康的体魄感沐春风，也许是误了亲情的某班车与所爱失之交臂，也许是因为所欲所求本就不是自己所能够左右的。其实，人生在世，活着本身就是最大恩赐，即使前路布满荆棘、泪水甚或伤痕，但需铭记的，应是那曾经的美好和满满的爱。撒些阳光在暗夜吧，多些微笑给明天。

假如给我三天光明（节选）

　　海伦·凯勒，19世纪美国女作家、教育家、社会活动家，幼时因患猩红热而失聪、失明，一生致力于残疾人慈善事业。本文节选于其自传性散文集《假如给我三天光明》，讲述了小海伦生命中的一件件大事，在大家的帮助下，她不再狂躁和痛苦，而大自然宽厚的怀抱更能治愈她内心的失落。字里行间，充满了小海伦乐观的情绪与对家人、朋友和自然的感恩之情。

波士顿之行

　　我一生中的第二件大事，便是1888年5月的波士顿之行了。从做好出发前的各种准备，到与老师、母亲一同登程。旅途中的所见所闻，以及最后抵达波士顿的种种情形，一切都宛如昨日，历历在目。

　　这次旅行和两年前的巴尔的摩之行迥然不同。此时我已不再是当时那个易于激动兴奋，一会儿也闲不住的在车上跑来跑去的小淘气了。我安静地坐在莎莉文小姐身旁，专心致志地听她给我描述车窗外所见的一切：美丽的田纳西河，一望无际的棉花地，远处连绵的山丘，苍翠的森林和火车进站后蜂拥而至的黑人。他们笑着向火车上的旅客招手，来到一节节车厢叫卖香甜可口的糖果和爆米花。

坐在我对面位子上的是又大又破旧的布娃娃南茜，我为她穿上一件用方格花布新做的外衣，头带一顶弄得很皱的太阳帽，一双用玻璃珠子做的眼睛目不转睛地直盯着我。有时老师讲述得不那么吸引人时，我便想起了南茜，把她抱在怀里，不过我通常都相信她是熟睡了的。

这以后恐怕再也没有机会提到南茜了。它到达波士顿以后简直是惨不忍睹，全身粘满了泥土——大概是我在车上逼迫它吃残屑，它怎么也不肯吃，而我偏要它吃，结果弄了一身泥。柏金斯盲人学校的洗衣女工看到娃娃这么脏，便偷偷地把它拿去洗了个澡。可是我那可怜的南茜怎么经得起用水洗啊。等我再见到它时，已成了一堆乱棉花，要不是它那两个用珠子做的眼睛以怨恨的目光瞪着我，我简直都认不出它了。

火车终于进站，我们到达波士顿了，仿佛一个美丽的童话故事变成了现实。只是"从前"变成了"现在"，"很远很远的地方"变成了"近在眼前"。

一到柏金斯盲人学校，我就在那里和盲童交上了朋友。当我知道他们会手语时真是高兴极了，我终于可以用自己的语言同其他孩子交谈了，怎能不叫我高兴呢？

在这以前，我一直像个外国人，得通过翻译同人说话。而在这里柏金斯盲人学校里，孩子们说的都是郝博士发明的手语，我好像回到了自己的国度。

过了好些日子，我才知道我的新朋友也都是盲人。我知道自己看不见，但却从来没有想到那些围着我又蹦又跳、活泼可爱的小伙伴们也看不见。至今还记得，当我发觉他们把手放在我的手上和我谈话，读书也用手指触摸时，我是多么惊奇，又多么痛苦啊！虽然他们早已经告诉我，而我也知道自己身体上的缺陷。但我一直模模糊糊地认为，既然他们可以听到，必然是有某种"第二视觉"，万万没有想到，原来一个又一个孩子也像我一样一点儿也看不见。但是他们是那么高兴，那么活泼，同他们一起沉浸在这种快乐的气氛中，我很快就忘掉了痛苦。

在波士顿，和盲童们在一起，使我感到好像在自己家里一样。日子一天天飞快地过去，每天我都在热切地寻求一个又一个快乐的历程。我把波士顿看成是世界之始，也是世界之末，我几乎不能相信，除此之外还有其他更广阔的世界。

在波士顿期间，我们参观了克邦山。在那里，莎莉文小姐给我上了第一堂历史课。当我知道这座山就是当年英雄们激战的地方时，真是激动万分。我数着一级级台阶，越爬越高，心里面想象着英雄们奋勇攀爬、居高临下向敌人射击的情形。

第二天，我们乘船去普利茅斯。这是我第一次海上旅行，也是第一次乘轮船。海上的生活真是丰富而又热闹！但机器的隆隆声，使我感到像是在打雷，心想若下了雨，便不能在户外野餐了，心中一急，竟哭了起来。

普利茅斯最令我感兴趣的是当年移民们登陆时踩过的那块大岩石。用手摸着这块岩石，仿佛当年移民们艰苦跋涉的伟大事迹栩栩如生地展现在我眼前。在参观移民博物馆时，一位和蔼可亲的先生送给我一块普利茅斯岩石的模型。我时常把它握在手上，抚摸它那凸凹不平的表面、中间的一条裂缝以及刻在上面的"1620年"，脑海里浮现出早期英国移民的一桩桩可歌可泣的事迹。

他们的辉煌业绩在我幼小心灵里是多么崇高而伟大啊！在我心目中，他们是在异乡创建家园的最勇敢、最慷慨的人。他们不但为自己争取自由，也为其同胞争取自由。但是若干年后，我知道了他们的宗教迫害行为后，又使我深深地感到惊讶和失望。

在波士顿我认识了不少新朋友，其中有威廉·韦德先生和他的女儿，他们的仁慈和热情使我至今不能忘怀。有一天，我们到贝弗利去拜访他们的农场。当我们穿过美丽的玫瑰园时，两只狗跑来迎接我们，大的叫利昂，小的长着一身卷毛，耷拉着两个长耳朵，名叫弗里茨。农场里有许多马，跑得最快的一匹叫尼姆罗德，它把鼻子伸进我的手里，要我拍拍它，给它一块糖吃，这些都给我留下了美好的回忆。

我还记得，那个农场靠近海边，我生平第一次到海边的沙滩上玩耍。沙子又硬又光滑，同布鲁斯特海滨的松软而尖锐、混合海草和贝壳的沙子完全两样。韦德先生告诉我，许多从波士顿启航开往欧洲的大轮船都要经过这里。此后，我又多次见到他，他永远是那么和蔼可亲。说实在的，我之所以把波士顿称为"好心城"，就是因为他的缘故。

拥抱海洋

柏金斯盲人学校放暑假之前，莎莉文老师和好友霍布舍夫人已经安排好了，我们一起到科德角的布鲁斯特海滨度假。我兴奋极了，脑海里尽是未来愉快的日子，以及有关大海的各种神奇而有趣的故事。

那年暑假，印象最深刻的就是大海。我一直没有机会接近海洋，甚至连海水的咸味都没有尝过。不过我曾在一本厚厚的叫做《我们的世界》的书中，读过一段有关大海的描写。使我对海洋充满了好奇，渴望能够触摸一下那茫茫的大海，感受一下那汹涌澎湃的波涛。当我知道我的夙愿终于就要实现时，小小的心脏激动得跳个不停。

她们一替我换好游泳衣，我便迫不及待地在温暖的沙滩上奔跑起来，毫不犹豫地跳进冰冷的海水中。我感到巨浪的冲击和沉浮，令我快乐得有些颤栗。突然，我的脚不小心撞上了一块岩石，随后一个浪头打在我头上。我伸出双手，拼命想要抓住什么东西，可是只有海水和一些绊在脸上的海草。无论我如何努力都无济于事。

浪花好像和我玩耍一样，把我抛来抛去，弄得我晕头转向，真是可怕极了。在我的脚下没有了广大而坚实的土地，除了这陌生、四面八方向我涌来的海浪外，似乎世上所有一切都已不复存在了，没有生命，没有空气，没有温暖，没有爱。

最后，大海似乎对我这个新的玩物厌倦了，终于又把我抛上了岸边。莎莉文小姐立即紧紧地把我抱在了怀里。哦，多可亲、多温暖的怀抱啊！当我从恐惧中恢复过来后，第一句话就是："是谁把盐放在海水里的？"

同海水第一次接触，我就尝到了大海的厉害。打那以后，我便不敢下海了，就爱穿着游泳衣待在岸边。海浪激烈地拍打海岸，小鹅卵石在滚动，狂怒的海浪似乎在摇撼着整个海滩，空气也随着海浪在颤动。海浪打在岩石上破碎了，退了下去，随后又聚拢来，发起更猛烈的冲击。我一动不动地死死扒着岩石，任凭愤怒的大海冲击和咆哮！

我对海岸眷恋不舍，那种纯净、清新的气味，可以使人变得更清醒、更冷静。贝壳、卵石、海草以及海草中的小生物，都对我有无穷无尽的吸引力。

一天，莎莉文小姐在岸边浅水中捉到一个正在晒太阳的很奇特的家伙。那是一只长得很大的马靴蟹，我以前从未见过这种东西，好奇地去摸它，它怎么会把房子背在背上呢？我突然心生一念，把它拿回去喂养该有多好，于是我抓着它往回拖。

大螃蟹很重，拽着它在地上拖，费了九牛二虎的气力，才拖了一里半路。

回到家里，我缠着莎莉文小姐把它放在井旁的一个我认为安全的水槽里。但是哪里想到，第二天早上到水槽边一看：螃蟹没有了！没有人知道它跑到哪里去了，也没有人知道它是如何溜走的。一时间我又气又恼，但是，渐渐地，我也认识到把那可怜的不会说话的东西圈在这里，是既不仁不义又不明智的。过了些时候，我想它大概是回到大海里去了吧，心情又愉快起来。

山间秋季

那年秋天，我满载着美好的回忆，回到了南方家乡。每当我回想起这次北方之行，心中便充满了欢乐。

这次旅行似乎是我一切新生活的开始。清新、美丽的世界，把它所有的宝藏置于我的脚下，可以让我尽情地俯拾新的知识。我用整个身心来感受世界万物，一刻也闲不住。我的生命充满了活力，就像那些朝生夕死的小昆虫，把一生挤到一天之内。我遇到了许多人，他们都把字写在我手中来与我交谈，我们的思想充满了快乐的共鸣。这难道不是奇迹吗？我的心和其他人的心之间，原来是一片草木不生的荒野，现在却花红草绿、生机勃勃。

那年秋季，我和家里人是在离塔斯甘比亚大约14英里的一座山上度过的。山上有我们家的一座避暑用的小别墅，名叫"凤尾草石矿"，因附近有一座早已被废弃的石灰石矿而得名，高高的岩石上有许多泉水，泉水汇合成3条小河，蜿蜒曲折，遇有岩石阻挡便倾泻而下，形成一个个小瀑布，像一张张笑脸，迎接客人。空旷的地方长满了凤尾草，把石灰石遮得严严实实，有时甚至把小河也盖住了。山上树木茂密，有高大的橡树，也有枝叶茂盛的常青树。树干犹如长满了苔藓的石柱，树枝上垂满了常青藤和寄生草，那柿子树散发出的香气弥漫在树林的每一个角落，沁人心脾，令人神魂飘荡。有些地方，野葡萄从这棵树上攀附到那棵树上，形成许多由藤条组成的棚架，彩蝶和蜜蜂在棚架间飞来飞去，忙个不停。傍晚时分，在这密林深处的万绿丛中，散发出阵阵清爽宜人的香气，怎不叫人陶醉，使人心旷神怡呢！

我们家的别墅座落在山顶上的橡树和松树丛中，虽然简陋，但环境优美。房子盖得很小，分为左右两排，中间是一个没有顶盖的长长的走廊。房子四周有很宽的游廊，风一吹过，便弥漫着从树上散发出的香气。我们的大部分时间是在游廊上度过的，在那里上课、吃饭、做游戏。后门旁边有一棵又高又大的白胡桃树，周围砌着石阶。屋前也有很多树，在游廊上就可以摸到树干，可以感觉到风在摇动树枝，树叶瑟瑟飘落。

经常有很多人来这里探望我们。晚上，男人们在篝火旁打牌、聊天、做游戏。他们夸耀自己打野禽和捉鱼的高超本领，不厌其烦地描述打了多少只野鸭和火鸡，捉住多少凶猛的鲑鱼，怎样用口袋捉狡猾透顶的狐狸，怎样用计捉住灵敏的松鼠，如何出其不意地捉住跑得飞快的鹿。他们讲得绘声绘色，神乎其神。我心想，在这些计谋多端的猎人面前，豺狼虎豹简直连容身之地都没有了。

最后，听得入了迷的人们散开去睡觉了，讲故事的人总是这样祝大家晚安："明天猎场上再见！"这些人就睡在我们屋外走廊临时搭起的帐篷上。我在屋里甚至可以听到猎狗的叫声和猎人的鼾声。

破晓时分，我便被咖啡的香味、猎枪的撞击声以及猎人来回走动的脚步声唤醒，他们正在准备出发。我还可以感觉到马蹄的声音。这些马是猎人们从城里骑来的，拴在树上过了一整夜，到早晨便发出阵阵嘶鸣，急于想挣脱绳索，随主人上路。猎人们终于一个个纵身上马，正如民歌里所唱的那样："骏马在奔驰，缰绳索索，鞭嘎嘎，猎犬在前，猎人啊！出征了！"

中午时分，我们开始准备午餐。在地上已经掘起的深坑里点上火，架上又粗又长的树枝，用铁线穿着肉串在上面烧烤。黑皮肤的仆人绕着火蹲着，挥动长长的枝条赶苍蝇。烤肉散发出扑鼻的香味儿，餐桌还未摆好，我的肚子就叽哩咕噜地叫开了。

正当我们热热闹闹地准备野餐时，猎人们三三两两地回来了。他们疲惫不堪，马嘴里吐着白沫儿，猎犬耷拉着脑袋跑得呼哧呼哧直喘，问有什么收获，却什么也没有猎到。

用餐时，每个人都自称说看见了一只以上的鹿，而且是近在咫尺，眼看猎犬要追上，举枪要射击时，却突然不见了踪影。他们的运气真好像童话故事里的小男孩：那男孩说，他差点儿发现一只兔子，其实他看见的只是兔子的足迹。很快，猎人们便把不愉快的事统统丢到了脑后，大家围桌而坐。不过，端上来的不是鹿肉，而是烤牛肉和烤猪肉，谁让他们打不到鹿呢？

这年夏天，我在山上养了一匹属于自己的小马。我叫它"黑美人"，这是我刚看完的一本书的名字。这匹马和书里的那匹马很相似，尤其是那一身黑油油的毛和额上的白星简直是一模一样。我骑在它的背上度过了许多快乐的时光。马儿温驯时，莎莉文小姐就把缰绳松开，让它自由漫步。马儿一会儿停在小路旁吃草，一会儿又咬小树上的叶子。

上午我不想骑马时，早餐后就和莎莉文小姐到树林中散步。兴之所至，便故意让自己迷失在树林和葡萄藤之间，那里只有牛马踏出的小路。遇到灌木丛挡路，就绕道而行。归来时，我们总要带回几大束桂花、秋麒麟草、凤尾草等一些南方特有的花草。

有时候，我会和米珠丽及表姐妹们去摘柿子。我不爱吃柿子，但我喜欢它们的香味儿，更喜欢在草丛和树叶堆里找它们。我们有时还去采各种各样的山果，我帮她们剥栗子皮儿，帮她们砸山核桃和胡桃的硬壳，那胡桃仁真是又大又甜！

山脚下有一条铁路，火车常在我们跟前疾驶而过，有时它发出一声凄厉的长鸣，把我们吓得连忙往屋里跑。妹妹却会紧张而且兴奋地跑来告诉我，有一头牛或一匹马在铁路上到处行走，却丝毫不为尖锐的汽笛声所动。

离别墅大约1英里之外，有一座高架桥，横跨在很深的峡谷上，枕木间的距离很大，走在桥上提心吊胆，就仿佛踩着刀尖。

我从来没有想过去走这座桥，直到有一天，莎莉文小姐带着我和妹妹在树林中迷失了方向，转了好几个小时也没有找到路。

突然，妹妹用小手指着前面高声喊道："高架桥，高架桥！"其实，我们宁愿走其他任何艰难的小路，也不愿过这座桥的，无奈天色将晚，眼前就这么一条近道，没有办法，我只好踮着脚尖，去试探那些枕木。起初还不算很害怕，走得也还很稳，猛然间，从远处隐隐约约地传来了

"噗噗、噗噗"的声音。

"火车来了！"妹妹喊道。要不是我们立即伏在交叉柱上，很可能就要被轧得粉碎。好险啊！火车喷出的热气扑打在我脸上，喷出的煤烟和煤灰呛得我们几乎透不过气来。火车奔驰而去，高架桥震动不已，人好像要被抛进万丈深渊。我们费了九牛二虎之力重新爬了上来。回到家时，夜幕早已降临，屋里空无一人，他们全都出动搜寻我们去了。

走出阴影，珍惜拥有，是海伦·凯勒给我们人生上的最重要一课。当你失聪、失明时，亲人、朋友、大自然，甚至是最繁忙而普通的生活都将成为生命中最宝贵的财富。有什么比四体健全、家人团圆和充实的生活更让人深感振奋和幸福呢？心怀感恩，努力生活，才不辜负生命这一遭春华秋实的美意。

厨房（节选）

吉本·芭娜娜，日本当代小说家，也是当下日本最著名的畅销女作家。23岁时以《厨房》一文荣获日本"海燕"新人文学奖，并一举成名。本文节选自小说《厨房》，讲述了女生樱井美影在祖母去世后搬到好友田边雄一家的故事，雄一和家人以及家里的厨房都给了受到心灵创伤与情感打击的美影以极大的心理安慰，帮她度过了难关，是一篇温情感人的佳作。

一

这个世界上，我想我最喜欢的地方是厨房。

无论它在哪里，式样如何，只要是厨房、是做饭的地方，我就不会感到难过。可能的话，最好是功能齐备、使用方便，备有好多块干爽整洁的抹布，还有洁白的瓷砖熠熠生辉。

即便是一间邋遢得不行的厨房，我也难抑喜爱之情。

即使地面散落着碎菜屑、邋遢到能把拖鞋底磨得黑乎乎的，可只要异常宽敞就可以。里面摆放着一台巨大的冰箱，塞满足够度过一个冬天的食物，我倚在银色的冰箱门边，目光越过溅满油渍的灶台、生锈的菜刀，蓦然抬头，窗外星星在寂寥地闪烁着。

剩下了我和厨房。这总略胜于认为天地间只剩下我孤单一人。

委实疲惫不堪的时候，我常常出神地想：什么时候死亡降临了，我希望是在厨房里结束呼吸。无论是孤身一人死在严寒中，还是在他人的陪伴下温暖地死去，我都会无所畏惧地注视着死神。只要是在厨房里就好。

在被田边家收留之前，我每天都睡在厨房里。

无论在什么地方，我都难以入眠。因此，我搬出卧室，不断在家中寻找更舒适的场所。直到一天清晨，我发现在冰箱旁睡得才最安稳。

我，樱井美影，父母双双早逝，一直跟着祖父母生活。上中学的时候，祖父去世了，便只剩下我和祖母两个人相依为命。

几天前，祖母竟也离我而去，这给了我一记重创。

这些曾活生生存在过的家人，一个一个消失在岁月里，最后只剩下我一个人留在这世上。一想到这些，就会觉得眼前存在的一切，都是如此虚幻缥缈。这所房子，我生于此长于此，而时间是这样无情地流走，如今竟只有我一个人了。这念头不断折磨着我。

简直就像一部科幻小说。我进入了宇宙黑洞。

葬礼过后的三天时间，我一直处在浑浑噩噩之中。

过度的悲伤使我的泪水干涸，轻柔的倦意和着悲哀，悄悄向我袭来。厨房里闪着寂静的微光。我铺好褥子，像漫画里的莱纳斯那样，紧紧裹着毛毯睡下。冰箱发出的微微声响陪伴着我，使我免受孤独煎熬。我就这样度过了静谧的长夜，清晨来临了。

我只想睡在星光下。

我想在晨光中醒来。

其余的一切，都从我身边悄然滑过，了无痕迹。

可是！我没法一直这样下去。现实是残酷的。

尽管祖母给我留了些钱，但这所房子一个人住还是太大、太贵了。我不得不另觅住处。

无奈，我买来房屋租赁方面的报刊翻看着，可是上面密密麻麻登载着的那些房子，看起来都一模一样，看得我头昏脑涨。搬家可不是省心事，需要体力啊。

而我由于精神萎靡不振，又没日没夜地睡在厨房的缘故，弄得全身关节酸痛，对任何事都是抱着一副无所谓的态度。这样的我，又如何能让大脑恢复正常运转，去看房、去搬运行李、去移电话线呢！

面对眼前罗列的这一大堆麻烦，我陷入绝望，躺在床上辗转反侧。而正在这时，天上掉下了馅饼，奇迹悄然而至。那个午后发生的事，我仍然历历在目。

"叮咚！"门铃突然响了。

那是一个半阴的春日的午后。我冷眼看着满地的房屋广告，满心厌烦。我想反正都是要搬家的，索性着手把报刊用绳子捆扎起来。听到门铃声，我穿着睡衣样的衣服慌乱地跑过去，然后不假思索地开锁开门（幸亏不是打劫的）。站在那里的是田边雄一。

"前几天给你添麻烦了。"我说。

他比我小一岁，是个很不错的年轻人，葬礼的时候帮了我很多忙。听说跟我是同一所大学的。不过我现在已经休学了。

"不用客气，"他说，"住的地方定了吗？"

"还早着呢。"我笑笑。

"我想也是。"

"进来喝杯茶吧。"

他笑了笑说："不了，我还有点儿急事，只是顺便过来告诉你，我和我妈妈商量好了，你暂时到我们家来住，怎么样？"

"什么？"

"不管怎么说，今晚七点先来我家一趟吧。这是地图。"

"噢。"我茫然地接过便条。

"那就说好了。我和妈妈都盼望着美影你来呢。"

他笑起来，就站在我熟悉的玄关处，笑容是那么灿烂。而他的双眸也仿佛因此一下子变得距离我那么近，使我无法挪动我的视线。可能也是因为突然听到有人直呼我的名字的缘故吧。

"……那到时候就打扰了。"

说严重点，可能我是着了魔吧。可是，他的态度是那么"酷"，使我信了他。也如同着魔的人一样，我眼前的黑暗中出现了一条大道，一条光芒四射的确确实实的光明之路。于是，我做了这样的答复。

他说声再见，笑着离开了。

在祖母的葬礼之前，可以说我并不认识他。直到葬礼那天，田边雄一突然出现的时候，我当时还在暗想，他不会是祖母的情人吧。上香的时候，他闭着哭肿的眼睛，手发颤，而一抬头看到祖母的遗像，泪珠就扑簌簌落下来。

他看起来是那么悲伤，都不禁使我暗自惭愧，自己对祖母的爱是不是还不及眼前的这个人？

上完香，他用手帕捂着脸，对我说："让我来帮帮忙吧。"

就这样，之后很多事都是他帮我来料理的。

田边、雄一。

祖母是什么时候提起过这个名字的呢？我费了好大力气才回忆起来。大脑真是乱得一团糟。

他在祖母常去的花店里打工。记得祖母常常说起花店里有个可爱的男孩子，叫田边，今天又怎么怎么之类的话。祖母很喜欢插花，厨房里没断过鲜花，她每周至少要去两次花店。说起来，我还记得有一次他抱着一大棵盆栽，步行跟在祖母身后到过我家。

他四肢修长，容貌俊秀。虽然并不清楚他的底细，可印象中好像常见他热心地在花店里忙碌着。不过，即便在对他稍有些了解之后，不知为什么，他给我的"冷冷的"印象也没有改变。不管言行举止怎样温和友善，他始终给人一种遗世独立的感觉。就是说，我跟他的关系仅止于此，可以说毫无瓜葛。

二

晚上下起了雨。暖雨淅淅沥沥，笼罩着街市，我拿着地图，走在雨雾迷蒙的春夜里。

田边家住的大厦和我家正好隔着一个中央公园。穿过公园，夜色中绿叶绿草的气息扑面而来。被雨打湿的小路反射着彩虹般的光芒，我吧嗒吧嗒从上面走过。

说实话，我去田边家，只是因为他叫我去，其他的什么，我根本没有考虑过。

他家就在那座高楼里，是十楼。我抬头仰望，十楼是那么高，那里看到的夜景想必很美吧。

走出电梯，楼道里回荡着我的脚步声。我刚按响门铃，门一下子开了，雄一出现在门口，对我说："请进。"

我说声打扰，走了进去。这所房子真是很奇特。

首先映入眼帘的是一张巨大的沙发，摆放在与厨房相连的客厅里。它就那样摆着，背对着宽敞的厨房里的食品橱，前面既没放茶几，也没铺地毯。驼色的布艺表皮，非常气派，就像常常出现在广告里的那种，一大家人围坐在一起看电视，旁边趴着一条日本没法养的大狗。

可以透视到阳台的大玻璃窗前，摆满了一盆盆一罐罐的花草，简直像是热带丛林。细看看，家里到处是花，每个角落都摆放着各式各样的花瓶，里面装饰着时令鲜花。

"我妈说她一会儿就会抽空从店里回来，你先随便看看。要我做向导吗？你喜欢从哪儿做判断？"雄一边泡着茶一边说。

"判断什么？"我在柔软舒适的沙发里坐下，问道。

"家庭、住户的喜好。不是常说看看厕所就会明白之类的吗？"他淡淡地笑着，慢条斯理地做着解释。

"厨房。"

"厨房在这里，随便看啊。"

我绕到正在冲茶的雄一身后，仔细观察起他家的厨房来。

地板上铺着的门垫质感不错，雄一脚上穿着的拖鞋质地优良。一切日常所需的最完备的厨房用品整整齐齐地排放在那里。还有和我们家里一样也是银石涂层的平底煎锅和德国产的削皮器。祖母爱偷懒，皮剥得轻松顺畅她就很高兴。

在小荧光灯的照射下，餐具像在静待着出场，玻璃杯闪闪发着光。一眼看上去杂乱无章，可细看起来却全是精品。每件都有着独特的用途，有吃盖浇饭用的，有吃烤菜用的，还有硕大的盘子、带盖的啤酒杯……感觉真好。得到雄一的允许，我打开了小冰箱，里面东西整齐有序，没有什么是随手塞进去的。

我不住点着头，四下看着。这个厨房，我第一眼就深深地爱上了它。

回到沙发坐下，热茶已经泡好了。

一旦来到这个几乎完全陌生的家，面对之前并不熟识的人，我不觉生出无尽的天涯孤独客的感伤来。

被雨包裹的夜景慢慢渗透进黑暗里，抬起头，眼睛迎上映在大面玻璃中的自己。

世上我已经没有亲人了，去哪里、做什么都有了可能，这种感觉是多么痛快淋漓啊。

世界是如此的广袤无崖，黑暗是如此的深邃，给我带来漫无边际的幻想与孤寂。这种情感，我也是最近才刚刚伸手触摸，睁眼细瞧。在这以前，我是闭着一只眼睛在看世界啊。

"为什么要叫我来呢？"我问他。

"我想你正在为难吧，"他眯起眼，亲切地说，"你祖母一直很疼我。而我家，你也看到了，有这么多地方闲着。再说，你那儿也得搬出去吧。"

"嗯，房主好心，让我可以拖些日子。"

"所以，就搬过来嘛。"他一副理所当然的神情。

他的这种既不过分热情、也不过分冷淡的态度，对于现在的我来说异常的温暖。我有种莫名的感动，忍不住想哭。就在这时，门"喀啦啦"地开了，一个美极的妇人气喘吁吁地跑了进来。

我吃一惊，不禁睁大了眼睛。她虽说有些年纪了，可的确非常美丽。看她的穿着，并不是生活中常见的服饰，又画着浓妆，我立刻明白了，她肯定是做夜晚生意的。

"这就是樱井美影。"雄一介绍说。

她呼呼喘着气，笑着说："初次见面。我是雄一的母亲，叫惠理子。"声音略带沙哑。

这就是他的母亲？我惊讶至极，盯住她看。她有着一头柔顺的披肩长发，细长的双眸深邃且神采动人，嘴唇形状优美，鼻梁高挺——全身上下洋溢着摄人心魄的生命力的光辉——简直不像真人。我从没见过这样的人。

我就这样一直冒冒失失目不转睛地盯着她看了半晌，才终于回过神，向她一笑，说："请多关照。"

"以后请多关照。"她柔声对我说，接着又转向雄一，对他说，"不好意思，雄一，一点儿抽不出空来。我这是借口说上厕所才冲回来的。到早晨才能有空，你让美影小姐今晚住下吧。"她急急忙忙说完，红裙飞扬着朝门口跑去。

"我开车送你。"雄一说。

"对不起，为了我……"我说。

"哪里，没想到店里会这么忙。我才不好意思呢。那早上见啦。"

她脚蹬高跟鞋，咚咚冲向门口。

"你看看电视等我一会儿。"说完，雄一也追出去。一下子只留下了我一个人。

仔细观察的话，会发现她身上也有着常人的缺憾。比如脸上与年龄相称的皱纹，牙齿也有些参差不齐。尽管如此，她还是魅力四射，使人想再次见到她。心中暖融融的光像余照般悄然散发着光芒——这就是所谓的"魅力"吧。这个词是如此鲜活生动地展现在我的眼前，我就如同第一次切身感受到"水"一词含义的海伦。一点儿也没有夸张，这次会面就是带给我如此大的震撼。

外面车钥匙叮叮当当响起来，雄一回来了。

"只能离开十分钟，打个电话不就行了。"他在水泥地上边脱鞋边说。

我依旧坐在沙发上，"哦"了一声。

"美影，你被我妈吓着了吧？"他又问。

"嗯。可她实在是太漂亮了。"我照直说。

"不过，"他笑着走进来，在我面前的地板上坐下，"她整过容呢。"

"哦，"我故作平静，"怪不得说脸型一点儿都不像呢。"

"还有，看出来了吗？"他一副当真好笑得不行的样子，继续说道，"那个人，是男的呢。"

这下，我无法继续装下去了。我睁大眼睛无言地注视着他，想等着他说出"没有的事，是开玩笑啦"。那么修长的手指、优雅的言行举止、美丽的容貌，怎么可能？我回想起那张美丽的面孔，屏气凝神地等待着，可他还是收不住笑意。

"可是，"我终于开口说，"可是，你不是叫他母亲吗？"

"不过，要是换成你，你能叫那种人父亲吗？"

他语气很平静。的确如此，这是一个令人完全可以认同的回答。

"惠理子？那名字呢？"

"假的，原来好像叫雄司。"

我眼前一片空白，好久才终于恢复平静，就问他："那，是谁生下你的？"

"过去，他也是个真正的男人。"他说，"那还是在他很年轻的时候。他结过婚，和他结婚的那个女人是我真正的母亲。"

"她……是个什么样的人呢？"我毫无头绪地猜测着。

"我也记不清了。在我很小的时候，她就死了。有照片，要看吗？"

我点点头。

他坐在那里，探身拉过自己的皮包，从钱包里掏出一张旧照片递给我。

很难形容她的长相。短头发，鼻子眼睛都小小的，给人感觉很怪，看不出年龄……

看我默不作声，他说："样子很怪吧？"

我不知如何回答，笑了笑。

"刚才那个惠理子，据说由于什么变故，从小就被这张照片上的我妈家里收养，他们俩一直在一起长大。还是男孩子的时候，他也很帅，很讨女孩子喜欢。可是不知道怎么会喜欢上这副长相的我妈。"他微微笑着凝视着照片，"说是非她不娶，结果竟然不顾父母的养育之恩，一起私奔了呢。"

我点头倾听着。

"我妈死后，惠理子他把工作辞了，那时我还很小，他抱着我想，今后怎么办呢？后来就决定说做个女的吧。说是反正今后再也不会喜欢别的人了。在变性之前，他可是个沉默寡言的人呢。他讨厌做事半途而废，索性从头到脚都做了手术，然后用余下的钱开了家那方面的店养活我。这是不是也可以算又当爹又当妈啊？"他笑起来。

"真、真是不寻常的一生啊。"我说。

"她说她活得很有劲儿。"

听着他们的故事，我越发迷惑，是否可以信赖他们，抑或是其中还有什么隐情？

不过，我信任厨房。而且，这两个并不相似的母子间有一个共同点，那就是同样有着神佛般灿烂的笑容。这一点，很合我心意。

"明天早上我不在，家里的东西随便用啊。"

满脸倦容的雄一抱来毛毯啦睡衣啦一大堆东西，又向我一一说明了浴室的使用方法以及毛巾的位置等，然后走开了。

听完他惊人的身世介绍，我还没来得及细细消化，就和他一边看着电视，一边闲聊起来。说说花店，说说我祖母，时间就这样在不知不觉间飞快地过去。看看表，已经半夜一点了。这张沙发坐起来真舒服，既松软又宽敞。感觉一坐下去，就再也不想站起来。

刚才我还说："一定是你母亲啊，在卖家具的那儿坐了坐这张沙发，就怎么也忍不住一定要买下的吧。"

"猜对了。"他回答，"那个人总是随心所欲地过日子。不过，有能力实现也很不简单呢。"

"是啊。"

"那么，这张沙发暂时就归你了，就当你的床吧。能派上用处，真是不错。"

"我，"我低低地问他，"我真可以睡在这里吗？"

"嗯。"他回答得很干脆。

"……感激不尽。"我说。

就这样，他向我做了一番大致的说明之后，道了声晚安，回房去了。

我也困了。

洗着别人家的淋浴，在久违地带走了我的疲乏的热水中，我陷入了沉思，自己在做什么呢。

换上借来的睡衣，来到悄无声息的房中。我光着脚，吧嗒吧嗒又一次走进厨房看了看，这真是个令人满意的厨房。

随后，我走向今晚我的床——那张沙发，关上灯。

窗边，微光中浮现出一株株植物，在那里静静地呼吸着，从十楼俯瞰的豪华夜景为它们镶上了一道边。夜景——雨已经停了，夜景在含了湿气的透明的空气中熠熠生辉，美好至极。

我裹着毛毯，想起今晚竟也睡在厨房旁边，觉得有些好笑。然而，我却没有孤独之感。这也许就是我一直在等待的吧。一张床，一张可以使我短暂地忘记往事、忘记将要面对的未来的床。我所期待的也许仅此而已。身旁不要有人，那会加剧孤独。可是，这里有厨房，有植物，有人和我在同一屋檐下，又安安静静的……没有比这里更好的了。这里，无可挑剔。

我安然地睡着了。

三

一阵水声把我吵醒。

晨光炫目。我迷迷糊糊地坐起来，一眼看见厨房里"惠理子"的背影。她今天的穿着比昨天要淡雅些。

"早。"她转过身，朝我打招呼。脸上还是浓妆艳抹，因而愈发显得醒目，我一下子清醒过来。

"您早。"我说着起床。

她正打开冰箱，样子似乎有些为难，看看我，又说："我总是睡着睡着，肚子就饿了……不过，家里什么吃的也没有。叫外卖吧，你想吃什么？"

我站起来，说："我来做吧。"

"是吗？"她说完又有些不安，问我，"看你睡得晕晕乎乎的，能拿菜刀吗？"

"没关系。"

房间里洒满阳光，像是日光室。外面，色彩甜美的碧空一望无际，灿烂耀眼。

站在合意的厨房，我喜不自禁，完全清醒过来，蓦地想起她是个男的。

我不由朝她望去，暴风雨般的既视感向我袭来。

阳光中，倾泻而下的晨光中，木头的清香淡淡飘来，屋里浮着灰尘，她在地上铺了块坐垫，半躺在那儿看着电视，这情景使人觉得那样亲切。

她欢欢喜喜地吃起我做的鸡蛋粥，还有黄瓜色拉。

白天，春日的暖阳高照，听得见孩子们在楼下院子里嬉闹的声音。

窗边的一草一木，都包裹在和煦的阳光中，鲜亮的绿色愈发显得光彩夺目；遥远的淡蓝色天际，薄薄的云彩缓缓飘过。

一个悠然自得、温馨可爱的白天。

真是不可思议！我会和一个素不相识的陌生人一起吃着迟到的早餐！我想，这一切直到昨天早晨为止，我做梦都不会想到的吧。

没有茶几，吃的东西都直接摆在了地板上。阳光穿透玻璃杯，日本茶清冷的绿在地板上美丽地摇曳着。

"雄一啊，"忽然惠理子盯着我看了一会儿，说道，"一直说你很像他以前养的阿信。还真像呢。"

"阿信？"

"一只小狗。"

"啊？是吗？"我像小狗？

"嗯。无论是眼神，还是毛发……昨天第一眼见到你的时候，我都差点儿要笑出来了，真的。"

"是吗？"虽然我心里并不以为然，不过又想，要是像圣伯纳德那种大獒犬，可就惨了。

"阿信死了，雄一伤心得连饭都咽不下。所以，他没把你当一般人看待。不过，有没有男女之爱，我可不能保证啊。"说着，她嗤嗤笑起来。

"真很荣幸。"我说。

"说是你祖母一直也很疼他。"

"是啊，祖母非常喜欢雄一。"

"那孩子，我没空好好照料他，身上有很多毛病呢。"

"毛病？"我笑了。

"是啊。"她微微一笑，笑容里洋溢着母性的光辉，"太情绪化，处理人际关系过于冷淡，还有很多不好的地方……不过，我千辛万苦，只想把他教育成一个心地善良的人。他，是个好心肠的孩子。"

"我知道。"

"你也是个好孩子。"

本应是他的她嘻嘻笑着，笑容如同电视上经常见到的纽约的同性恋者们一样，带着些怯懦。但是，这样评价好像又有些不妥，她太坚强了。我觉得，她全身散发着摄人的魅力，那光辉支撑着她走到现在——无论是她死去的妻子还是儿子，甚至连她本人都无法阻挡或遮盖。在她笑容背后，孤寂与寥落相应地深深渗入内心。

她喀吱喀吱咀嚼着黄瓜，说："有不少人嘴上这么说，心里却不那么想，不过，我是真的希望你在这里愿意待多久就待多久。我相信你是个好孩子，能留下来的话，我会很高兴的。而且人在困难的时候，最怕无处安身了。你安心住下吧，嗯？"她再三叮嘱着，简直要望进我的瞳仁里去。

"……房租，我一定会交的。"我心头翻涌起一股热流，激动地说，"请让我暂时睡在这里，直到找到新的住处。"

"好了，不用那么客气。不过，可不可以偶尔给我们煮粥喝啊？你可比雄一做得好吃多了。"她笑了。

和一位老人相依为命，是一件极其令人不安的事情。对方越是健康，越是如此。当初和祖母在一起的时候，我并没有意识到，日子过得单纯而快乐。但是现在回想起来，却深有感触。

我无时无刻不是处于对"祖母死亡"的恐惧之中啊。我一进家门，祖母就会从摆放着电视的和室里走出来，对我说：你回来啦。晚回家的时候，我总是买上蛋糕带回去。祖母很开通，不管是我在外面过夜还是别的什么，只要对她说了，就不会朝我发脾气。我们总是喝着咖啡或是日本茶，一面看电视，一面吃蛋糕，一起度过临睡前的时光。我们就这样在这间我小时候起就未曾改变过的祖母的老房子里，拉着家常，谈论着娱乐圈的趣闻，闲聊一下一天发生的事。恍惚记得关于雄一的话题也是在这个时候说起的。

不管是身处在怎样的热恋中，还是喝了怎样多的酒后享受着沉醉的快感，在我内心深处，始终有一份对这个我唯一的亲人的牵挂。

令人恐惧的寂静在房间角落里喘息。无论老人和孩子是多么快乐地生活着，还是会有无法填满的空间。这些，即使并没有人告诉过我，我也早有体会。

大概雄一也是如此吧。

我开始意识到在漆黑荒凉的山路上唯一能做的只有让自己也绽放出光辉，是在什么时候？尽管是在关爱中成长，我却总是难抑心头的孤单与寂寞。

——总有一天，谁都会在时间的黑暗中四分五裂，然后消失得无影无踪。

我就是以这样的目光，审视着身边的一切。雄一会和我产生共鸣，也是理所当然的吧。

……就这样，我开始了寄居生活。

我给自己放了假，允许自己歇到五月来临。这样，每天变得就像生活在天堂里一样无忧无虑。

打工还是按时去的，之后就是扫扫地、看看电视、烤烤蛋糕，完全是一个家庭主妇的生活。

心灵之门一点点开启，有了阳光，还有风吹进来，对此，我感到非常开心。

雄一要上学、打工，惠理子工作时间在晚上，因此，这个家里的人很少能全部凑在一起。

刚开始，我不太习惯睡在开放式的环境里，又要来回奔波于老房子和田边家之间一点点收拾行李，所以有些疲惫。不过很快就适应了这种生活。

如同厨房，我也喜欢他们家的沙发。在那里，可以细细品味睡眠，倾听着花草们的呼吸声，想象着窗帘那侧的夜色，我总是能悄然入睡。

我想不出除此之外还有何所求，所以我是幸福的。

总是这样，我总是不被逼到边缘就不会采取行动。这次同样也是濒临绝境时，有人像这样给予了我一张温暖的床。我发自内心地感谢不知是否存在的神灵。

四

一天，我又回老房子去整理剩下的行李。

每次打开房门，我都会深受触动。不再住人，这里简直换了一副面孔。四周黑漆漆的，没有一丝声响。原本我所熟悉的一切，都对我不理不睬。我都想该说声"打扰了"，然后踮起脚走进去比较合适，而不是说"我回来了"。

祖母离去了，这个家的时间也随着消亡了。

我切实感受到这一切。一切，我都无能为力。在离开之前要做点什么——这样想着，不由得一边哼着《祖父的座钟》，一边擦拭起冰箱来。

这时，电话响了。会是谁呢？我拿起听筒，是宗太郎来的电话。他……是我过去的恋人。祖母病情恶化的时候，我们分手了。

"喂，是美影吧？"熟悉得让我想哭的声音。

可我还是装作若无其事地回答："好久不见了。"这已超出了羞怯或是虚荣，而是一种病态。

"那个，你一直没来学校，不知出什么事了。我四处打听，才听说你奶奶去世了。吓了我一跳……够你受的吧？"

"嗯。有点忙。"

"现在能出来吗？"

"好。"

我答应着，一边漫不经心地抬头望去，窗外一片阴沉的灰褐色。

风翻卷着云层，在空中急速地翻腾涌动着。这个世上，根本没有悲伤，丝毫也不会有。一定是这样的。

宗太郎是个非常喜欢公园的人。

无论是有绿树绿草的地方，或是开阔地，或是野外，他都一股脑儿地喜欢。大学校园里，草坪或是操场边的长椅，是他经常光顾的地方。"有绿色的地方，就能找到他。"这已是尽人皆知的一句话。他说将来要从事与植物有关的工作。

好像，和我有缘的男子总是跟植物有关联。

在以前平静的日子里，我和爽朗明快的他，两人就像是一对画中描绘的学生情侣。因为他的爱好，所以严冬也好，刮风下雨也罢，我们也总是约在公园碰头。可因为我老迟到，觉得不好意思，就折中一下，找了正邻公园的一家超大的店。

今天，宗太郎还是坐在那家超大的店里紧邻公园的座位上，朝外面张望着。

玻璃窗外，阴云密布的天空下，树木在风中摇晃着，沙沙作响。我从来来往往的女服务生之间穿过，向他走去，他发现了我，笑了。

在他对面的座位上坐下，我对他说："要下雨了呢。"

"哪儿呀，马上会转晴了吧。"他立刻反驳我，"好久没见了，怎么一见面就谈天气？"

他的笑容使人平静。和亲密无间的朋友一起喝着下午茶，这是多么惬意的一件事啊。我知道他睡相很不好，他喜欢在咖啡里放很多牛奶和砂糖；我也看过他为了把鬈发弄直，一本正经地对着镜子傻傻吹着头发。如果还是在相恋的那个时候，我一定会因为擦冰箱时右手的指甲油脱落了而无法释怀。

"哦，对了，听说，"闲谈间，他像是猛然想起什么说，"你现在住在田边家里，是吗？"我大吃一惊。我惊得手里的茶杯一歪，红茶从杯子里晃出来，淋到了碟子上。

"学校里都传开了。你真行，就没听说？"他不知所措地笑着说。

"我不知道。竟然连你都知道了，是什么事啊？"我问他。

"田边的女朋友，应该说是前任女友？她在学生食堂给了田边一耳光呢。"

"什么？为了我？"

"好像是。你们俩现在不是很要好吗？我是听人这么说的。"

"是吗？我一直不知道。"我说。

"你们俩不是住在一起吗？"

"他母亲（严格说来不是）也在那儿住。"

"什么？不会吧？"

他大叫起来。我过去曾经真心喜爱过他这种心直口快的性格，可现在只觉得他好吵，使我难堪得不行。

"田边那个人，"他又接着说，"听说很古怪呢。"

"我不太了解他。"我解释说，"我们很少见面……
也不常说话。"

"我，只是像只小狗，被人收留了。并不存在什么特
殊的情爱。而且，对他，我也一无所知。我真的糊涂到一
点儿也不知道会惹那么多麻烦。"

"不过，你说的喜欢呀爱呀，我真搞不懂。"他又
说，"不管怎样，我觉得挺好的。你打算住到什么时候？"

"不清楚。"

"你可要好好考虑清楚啊。"他笑了。

"好，我会的。"我应道。

回去的时候，我们一路从公园里穿过。透过林木的间
隙，田边家住的大厦清晰可见。

我手指着说："我就住那儿。"

"真不错，就在公园边上。要是我，一定早上五点就
起来散步了。"

他笑起来。走在我身旁的这个人，个子高高的，我看
他总是要仰视。要是他的话——我看着他的侧脸想，一定
会急火火地拽着我四处找新房子，把我拉去上学的。

曾经，他的这种健康向上是那般吸引着我，让我向
往，也让我对无论如何都难以跟上他的脚步的自己感到厌

恶。曾经……

他是一个大家庭的长子，那种从家庭中得到的与生俱来的爽朗天性，曾给予了我无限的温暖。

但是，现在我无论如何需要的是田边家那种奇妙的温馨与安详。而这种感觉我不认为自己能够用言语向他说明，并且也没有必要解释。每次和他见面，我都对自己是自己而感到悲哀。

"那，再见了。"

隐藏在心底深处的炽热情感，透过我的双眸，明确地向他传递出我的疑问——现在，你的心还为我留着空间吗？

"好好活着啊。"他笑了，不言而喻的答案就含在眯起的双眼里。

"好，我会的。"

我应着，挥手和他作别。这段情感，就这样渐渐消失在遥不可及的某个地方。

"厨房"是家的一部分，厨房的味道深深安抚了孤独的心灵。走出家里的厨房，因为死亡带走了最亲爱祖母的记忆；再次走进别人的厨房，是关爱和包容带来生命中的第二缕阳光。感恩生命，感谢亲人和家庭，更要感谢所有愿意帮助并爱护自己的人。小小厨房，承载大爱。

手中纸，心中爱

刘宇昆，当代美籍华裔科幻作家，职业是程序设计员与律师，业余从事科幻小说与诗歌创作。作品《手中纸，心中爱》曾获2012年科幻界"雨果奖""星云奖"最佳短篇故事奖。本文讲述了在美的中国移民一代与二代的文化冲突，以及主人公因叛逆和钝感而错过了深沉母爱的故事，感人至深。

一

我最早的记忆是我儿时的一次哭泣。那次，不管爸爸妈妈怎么哄，我就是不搭理，一个劲儿地哭个不停。

爸爸拿我没办法，只好任由我在卧室里哭。妈妈却把我抱进厨房，将我安置在餐桌旁坐好。她从冰箱上抽出一张彩色包装纸，想吸引我的注意，"瞧瞧，这是什么？"

每年圣诞节过后，妈妈都会将各种圣诞礼盒的包装纸小心翼翼地裁剪下来，整齐地叠放在冰箱顶部。几年下来，包装纸积了厚厚一沓。

她拿出其中一张，正面朝下反面朝上，平整地摊在桌上，给我叠小玩意儿。折、压、吹、卷、捏……不一会儿，这张纸就在她指尖消失不见了。她轻轻一吹，一个被压得扁扁平平的纸模型瞬间变成了有血有肉的生灵。

"瞧！小老虎！" 她边说边将手中的纸老虎放到桌上。它个头不大，和我两个拳头加起来差不多，白色虎皮上点缀着红色糖果和绿色圣诞松。

我接过妈妈手中的小老虎。它似猫非猫，高翘着尾巴，在我指尖左右乱窜，"嗷……"的吼叫声夹杂着纸张的窸窣声。

我既惊又喜，用食指摸摸后背，小东西连蹦带跳，发出低沉的吼叫声。

"这叫折纸。"母亲用中文告诉我。

那时我对折纸一窍不通，但我知道妈妈的折纸术神奇无比。只要她轻轻一吹，这些纸玩意儿便可借助她的气息活蹦乱跳起来。这么神奇的折纸术只有她一个人会。

爸爸是从一本册子里挑中妈妈的。

记得有一次，正在读高中的我向爸爸询问其中经过，他显得很不情愿。

那是1973年的春天，爸爸想通过婚介找个对象。于是他漫不经心地翻阅着介绍册，每一页都瞟上一眼，直到他看到妈妈照片的一刹那。

"我从未见过那种照片。"爸爸说。照片里，一位女子侧身坐在藤椅上，她身着丝质的紧身绿旗袍，双眸视镜，一头秀发优雅地垂在胸前，依于肩侧，孩童般的双眼透过照片，盯着爸爸。

"自从看到她的照片，我就不想再看别人的了。"爸爸说。

册子上说，这名女子芳龄十八，爱好舞蹈，来自香港，英语流利。但这些个人信息没一个是真的。

后来，爸爸开始给妈妈写信。在那家婚介公司的帮助下，他们一直保持着联系。终于，他决定亲自去香港看她。

"她根本就不会说英语。我收到的信也都是婚介以她的口吻代写的。她的英语完全停留在'你好''再见'的水平。"

究竟什么样的女人会把自己像商品一样放到册子里，并期待别人把她们买走呢？我那时还是个高中生，轻蔑鄙视之情油然而生。

爸爸没有因为受骗而闯入婚介所要求退费赔偿。相反，他带妈妈去了餐厅，找来服务生给他们做翻译。

"她怯生生地看着我，眼神中透着几分害怕和期待。

当服务生开始翻译我的话时，她脸上慢慢露出了笑容。"

爸爸回到康涅狄格，为妈妈办了入境手续。

二

一年后，我出生了。那一年，是虎年。

只要我想要，妈妈就会用彩色包装纸给我折各种各样的小动物——山羊、小鹿、水牛等。在我家客厅，这些小动物随处可见。而老虎则咆哮着四处追赶它们，一旦追上，就会用爪子将其摁倒，挤压出身体里的空气，让它们变回一张扁平的折纸。每当遇到这种情况，我就只好往小动物的体内吹口气，让它们重新活蹦乱跳。

小动物时常会陷入麻烦。有一次，水牛在我们吃午餐时掉进了酱油碗，似乎它还真想像水牛一样在泥浆里打滚嬉闹一番。我赶紧把它捏出来，但它的四肢已经被黑黢黢的酱油泡软了，无法继续支撑躯体，只能软绵绵地趴在餐桌上。

我把它放在阳光下晒干，但它的四肢却因此而扭曲，不再像以前一样能四平八稳地奔跑走动。最后，妈妈用砂轮纸将它的四肢包扎固定起来。这样，它又可以随心所欲地打滚了（不过不是在酱油碗里）。

当我和老虎一起在院子里嬉戏玩耍时，它总喜欢去捕捉麻雀。有一次，一只被逼得走投无路的小鸟一怒之下把它的耳朵给咬了，它疼得呜咽了许久。在我的陪伴下，它忍痛接受了妈妈的胶带缝合手术。从此以后，看到那些鸟儿，它都躲得远远的。

某天，我在电视上看了一集关于鲨鱼的纪录片，便要妈妈给我做一只鲨鱼。鲨鱼做好了，见它躺在餐桌上闷闷不乐，我便在洗手池放满水，把它放进去。在宽阔的水域里，鲨鱼快乐地游弋着，没过多久，它的身子变得湿软、透明，慢慢沉入池底，折叠的部分也慢慢在水中展开。待我回过神要救它时，已经来不及了，躺在我手中的只剩一张湿纸片。

我的小老虎扒拉着前爪使劲往水池边爬，找好位置后把小脑袋轻轻靠在爪子上。看到刚才发生的惨剧后，它的耳朵耷拉下来，喉咙里发出呜呜的怒号，让我听了好生内疚。

妈妈用防水纸为我重新做了一只鲨鱼，它快乐地游弋在宽广的金鱼缸里。我喜欢和我的小老虎一起坐在鱼缸旁看着防水鲨鱼在水里追赶金鱼。但是小老虎一般会站在鱼缸的另一边，昂着头，透过鱼缸看我，眼睛被放得像咖啡杯一样大。

十岁那年，我家搬到了镇上的另一头。两个女邻居跑来串门，爸爸赶紧拿出饮料招待客人，但他还得去水电部门一趟，因为前任户主的水电费没结清。爸爸临走前连声向两位邻居道歉："你们自便啊。我太太不大会讲英语，所以不能陪你们聊天，千万别见外啊。"

那会儿我正在餐厅里学习，妈妈在厨房里收拾东西。

我听见邻居在客厅里讲话，她们没有特意压低声音。

"他看上去挺正常一人啊，怎么会干这种事？"

"混血儿都怪怪的，像是发育不全。瞧他那张白人面孔配上一双黄种人的斜眼睛，简直就是小怪物。"

"你说他会不会英语啊？"

两人没有说话了。过了一会儿，她们来到餐厅。

"嘿，小家伙！你叫什么名字啊？"

"杰克。"

"不像是中国名字哦。"

妈妈也来到餐厅，用笑容问候了两位客人。接着，我就在她们组成的三角包围圈中，看着她们面面相觑一言不发，直到爸爸回家。

马克是邻居家的孩子。一天，他拿着《星球大战》的欧比旺·肯诺比玩偶来我家玩。玩偶手中的光剑不但能发光，还能发出尖声："运用原力！"然而，我真看不出这个玩偶哪点儿像电影里的那个欧比旺。

我和马克一起看着这个玩偶在咖啡桌上翻来覆去地比画了五遍。"它能换一个动作吗？"

　　马克被我的话激怒了，"看清楚点儿，小子！"

　　可我看得够清楚了，我不知道还能说什么。

　　马克见我不说话，急了，"你有什么玩具，拿出来给我瞧瞧！"

　　可我除了那些折纸外，什么玩具也没有。于是，我把那只纸老虎带出卧室。那时它已经破旧不堪，身上也缠满了胶带，全是过去几年里我和妈妈修补时贴上去的。时光流逝，今已年迈的它早已失去了往日的矫健。我把它放在咖啡桌上。同时，我还听到其他小动物发出轻快的脚步声，似乎都在伸长脖子张望着。

　　"小老虎！"我用中文说，随后，我停下来，用英文又说了一遍。

　　小老虎十分小心谨慎，没有轻举妄动，只是做匍匐提防的姿态，双眼怒视着马克，用鼻子嗅他的手。

　　马克上下打量了一番这只用圣诞礼盒包装纸做的纸老虎，"这哪是什么老虎啊？你妈用垃圾做玩具啊？"

　　我从来不觉得我的纸老虎是垃圾。但说真的，它确实就是一张废纸而已。

马克用手碰了碰欧比旺的头，光剑又舞动起来，手臂上下摇摆不停，"运用原力！"

小老虎转过身，向欧比旺扑去，将那塑料小人狠狠推下餐桌，摔得个骨头断裂、脑袋搬家。"嗷……"老虎得意了，我也笑了。

马克狠狠地把我推向一边。

"这玩具很贵的！现在根本买不到！没准儿你老爸买你妈的时候都没花这么多钱！"

我愣住了，瘫倒在地。纸老虎咆哮着，径直朝着马克的脸猛扑过去。

马克哇哇大叫。倒不是因为他被老虎弄疼，而是因为眼前的景象让他既害怕又惊讶。毕竟，这只老虎是纸做的。

他抢过我的纸老虎，铆足劲地踩躏，连撕带咬。我的纸老虎瞬间就被肢解成两半，身首异处。他把揉烂了的两团碎纸狠狠地扔给我，"拿去！愚蠢的破玩意儿！"

马克离开后，我一个人哭了很久。我试图把它展平后沿着原有的褶皱恢复成原样，但不管怎么试，它就是无法恢复。过了一会儿，其他小动物都凑了过来，但它们看到的不再是曾经认识的那只老虎，而是一堆碎纸。

三

我和马克的恩怨没有就此终止。马克在学校的人缘很好,我根本无法想象,接下来两个星期的学校生活该怎么过。

两周后的星期五,我放学回家,一进门妈妈就问:"学校好吗?"我闷不吭声,不想搭理她。我把自己关在洗漱间里,凝视着镜中的自己——我不像她,根本不像!

晚餐时,我问爸爸:"我是不是长得很像中国佬?"

爸爸停住了手中的筷子。虽然我从未跟他提过学校的事,但他似乎早已猜到发生了什么。他双目紧闭,摸了摸鼻梁,"不,你不像。"

妈妈不解地看了看爸爸,又看看我,"啥叫中国佬啊?"

"英语!说英语!"我爆发了。

她努力寻找着会说的英语词汇,"你怎么了?"

我啪地摔下筷子,推开面前的饭碗,看着桌上的"青椒爆炒五香牛肉",带着命令式的口吻说:"以后不准做中国菜!"

"孩子,很多美国家庭也吃中国菜啊。"爸爸试图帮妈妈辩解。

"问题就出在我们不是美国家庭！"我怒视着爸爸的眼睛说，"美国家庭里根本就不会有我这样的妈！"

爸爸没有回话，只是将手搭在妈妈的肩膀上说了句："我回头给你买些做菜的书吧。"

妈妈转过头来问我："不好吃？"

"说英语！说英语！"我急了，扯着嗓子大喊。

妈妈伸出手想摸我的额头，"你发烧了吗？"我用力推开她的手，"我很好！不要你管！我只要你给我说英语！"

"以后多和他说英语吧，"爸爸对妈妈说，"你知道迟早会有这一天的。不是吗？"

妈妈沮丧地坐在那儿，看看爸爸，又看看我，嘴唇张了又合，欲言又止。

"你该学学英语了，"爸爸说，"只怪我过去没什么要求，可是杰克还得融入这个社会。"

妈妈看着爸爸，用手指摸着嘴唇说："当我用英语说'爱'字的时候，感受到的是声音；但是当我用中文说'爱'字的时候，感受到的是真情。"说着，她用手捂住自己的胸口。

爸爸无奈地摇了摇头，"但你现在是在美国啊。"

妈妈沮丧地坐在椅子上，看上去就像一只泄了气的纸水牛，被纸老虎打击得没了气力。

"我还要一些像样的玩具！"

爸爸给我买了一整套《星球大战》玩偶。我把里面的欧比旺·肯诺比赔给了马克。然后，我把那堆折纸动物一股脑儿扔进了一个废鞋盒，塞到床底下再也不想理会。

第二天早上，小动物们纷纷从盒子里逃了出来，在它们过去玩耍的地方打闹。我毫不留情地把它们全抓了回去，一个不落，并用胶带把鞋盒封得严严实实。但那群动物还是会又吵又闹，搅得我烦躁不已。无奈之下，我只好把它们扔到阁楼，能扔多远就扔多远。

如果妈妈和我说中文，我就拒绝回答。久而久之，她只好和我说英语了。但是她蹩脚的口音和离谱的文法让我觉得很丢人。她出错，我就挑错。终于，她不在我面前说英语了。

如果她想要对我说什么，就会像打哑谜一样地对着我比画。她会学着电视里的美国妈妈，拥抱亲吻我，但她的动作总是那么夸张、别扭、滑稽、丢人。知道我不喜欢她这样后，她就没再抱过我了。

"你不该这样对你妈妈。"但爸爸说这些话的时候，却不敢直视我的眼睛。娶了这么个农村姑娘，期望她可以融入康涅狄格的郊区社会——这本来就是个错误的想法。

妈妈开始学着做美式餐点，我则在家里玩着电游，在学校学着法语。有时候，我看见她坐在餐桌旁，望着手中的包装纸发呆。不久，就会有一个新做的小动物出现在我的床头柜，依偎在我身边。不过我照样会把它们压扁，然后扔进阁楼的盒子里。

上高中后，她再也没给我做过纸动物。她的英语也进步很多，但那时的我已经不是那种听大人话的毛孩子了，管你对我说英语还是中文！

有时回到家，望着她瘦弱的背影，听她哼着中文歌，在厨房忙前忙后，我还是难以相信她竟是我的亲生母亲。我们根本不是同一个世界的人啊！她活在月球，我活在地球。我不会走去和她说话，我把自己关进卧室，独自追寻美国式的幸福生活。

四

医院里，母亲躺在病床上，我和爸爸分守在病榻两侧。她不到四十，看上去却老得多。多少年来，她身体有病却坚持不去医院，每当被问起身体时，她总说自己没事，直到有一天她被救护车送进了医院。医生诊断，她已是癌症晚期，手术都救不了她的命。

但我的心思根本就不在母亲的病情上。那时正值校园招聘会的高峰期，我满脑子装的都是简历、成绩和面试，整天琢磨的都是怎样在招聘主管面前美化自己，让他们聘用自己。理智告诉我，在母亲即将离世的时候，想这些很不应该，但是理智并不能改变我的情绪。

在她失去意识之前，爸爸用双手紧紧地握住她的左手，深情地给了她一个吻。他看上去特别苍老憔悴，我不禁战栗着意识到，我其实并不了解我的父亲，犹如我不了解母亲一样。

妈妈努力给他一个笑容，"我没事。"她转过头来看了看我，笑容依旧挂在嘴角，"我知道你还得回学校，"她的声音十分微弱，而她满身医疗器械发出的嘈杂声更让我难以听清她的声音，"去吧，不要担心我。我没事儿。在学校好好表现。"

我握住她的手，心里如释重负，因为我做了件此刻该做的事。我的心早已飞到机场，飞到阳光明媚的加州。

父亲靠在她嘴边听她私语了些什么后，点了点头，然后离开房间。

"杰克，如果……"她咳个不停，好不容易喘上一口气，抓紧机会对我说，"如果我不行了，不要难过，这对身体不好。你要好好生活。阁楼上的那个鞋盒要留着，以后每逢清明，把它拿出来，你就会想到我的。我永远都在你身边。"

清明是中国人怀念死者的传统节日。我很小的时候，妈妈会在清明那天给她死去的父母写信，告诉他们她在美国生活得怎么样。她会把信上的内容大声地读给我听，如果我说了什么，她还会把我的话写进信里。接着，她会把信纸叠成一只纸鹤，放飞到空中。纸鹤扑打着清脆的翅膀，向西飞去，飞越太平洋，飞向中国，落在祖辈的坟冢上。

但这已经是很多年前的事了。

"你知道我对中国年历一窍不通，"我对她说，"妈，你就好好休息吧。"

"盒子你要存着，没事的时候打开看看。记得……"她又开始咳嗽起来。

"知道了，妈。"我不自在地抚摸着她的手。

"孩子，妈妈爱你……"她再次猛咳不止。我不禁回想起多年前的那个场景，妈妈捂着自己的心口，用中文说着"爱"字。

"好了，妈，你歇会儿，别说话了。"

爸爸回来了。我跟他说我想早点去机场，因为我不想误点。在我搭乘的飞机飞过内华达上空的时候，母亲离开了人世。

母亲的过世让父亲立马老了许多。对于他来说，房子太大了，他决定卖掉。我和女朋友苏珊赶来帮忙收收拾拾东西，搞搞卫生。

苏珊在阁楼里发现了那个鞋盒。那一堆折纸动物不知在这个角落孤独地度过了多少个日子。由于长期被遗弃在阁楼的黑暗角落里，那些折纸变得脆弱不堪，原本明亮光鲜的图案也模糊不清了。

"这么漂亮的折纸，我还是头一次看到！"苏珊显得十分惊讶，"你妈妈真是一个了不起的艺术家。"

是啊，但此时，我眼前的这些折纸动物却一动不动，毫无生气。也许在母亲去世的那一刻，它们也随她一起去了；或许远去的不是它们，而是我童年的记忆，而童年的记忆大多不真实。

五

母亲去世两年后，四月的第一周，苏珊作为管理顾问被公司外派出差，家里只剩我一人。我懒洋洋地躺在沙发上，看着电视机，不停地换台。一档关于鲨鱼的纪录片突然吸引了我的注意力，那一刻，我似乎感觉母亲又回到了我身边，用防水纸给我折着纸鲨鱼。而我和我的小老虎围在她旁边，出神地观看着。

刷的一声！我惊讶地抬起头。只见一团缠着胶带的包装纸滚到了地上，落在书架旁。我走过去把它拾起来扔进垃圾箱。

突然，纸团动了动，慢慢舒展开来。原来这是那只被我遗忘多时的小老虎啊！肯定是妈妈想办法把它粘回了原样。

它显得比以前小了许多，也许是我的手变大了的缘故。

苏珊将折纸摆放在我们的公寓各处作为装饰。但这只老虎没有被摆出来，它独自躲在角落，终日与破旧家什为伴。

我蹲下来，趴在地板上，伸出手指想摸摸它。小老虎摇着尾巴，调皮地左扑右跳。我开心地笑了，抚摸着它的后背，它发出呜呜的低鸣声。

"最近怎样啊？老伙计。"

小老虎停止扑腾，站直了身子，然后以猫科动物特有的优美姿势跳到我腿上。接着它的身体开始肢解、舒展，最后，我腿上留下的是一张皱巴巴的包装纸，正面朝下，反面朝上。白色的纸面上点缀着密密麻麻的中国字。我没学过中国字，但"儿子"两个字还是认识的，它们在纸的最上方——只有写给某个人的信才会把对方的称谓放在这个位置上。信里的字迹，一笔一画都像个孩子写的。

我赶紧跑到电脑前，打开网页。

今天正是清明。

我立马带上信跑到城里，因为那里可以遇到中国人的旅游巴士。瞅见个长得像中国人的游客，我就会跑上去问："你会读中文吗？"因为很久没说过中文了，为确保他们能明白我的问题，我又会用英语再问一遍："你会读中文吗？"

最后，一位年轻的女士同意帮我。我们找到一条长凳坐下。她一字一句地把信念给我听。多年来，我一直逃避驱赶的声音终于又飘回到我的耳际，但这次它没有被迅速遗忘，而是沉入心底，浸入骨髓。此后，我的内心翻江倒海，灵魂夜不能寐。

儿子：

我们好久没有说话了。每当我接近你时，你总是那么生气，我不知道该怎么办。而这一心结好像变得越来越紧了。

所以，我决定给你写信。把信写好后，我会把它做成你一直都很喜欢的纸动物。

如果我去世了，那些小动物也将失去活力。但是，如果我用真心给你写这封信，我便可以在自己走后给你留下点儿关于我的东西。这样一来，每到清明节，每到死去的亲人回来看望家人的日子，我可以在你想我的那一刻来到你身边。我给你做的那些小动物到那时会活蹦乱跳，也许你能看到这些字。

因为我希望用我全部的爱来写这些话，所以我只好用中文写下来。

多年来，我一直都没有向你说起我的过去。当时你还小，我总想，等你长大了再说给你听，那时你肯定已经懂事了。但是这一天却未能到来。

我出生在越南，祖籍是河北省四轱辘村，那里的折纸很出名。妈妈从小就教我如何用纸折小动物，并且赋予它们生命。这是我们老家村子里的一大法术。我们做纸鸟把蚱蜢赶出稻田，做纸老虎吓唬老鼠。每到春节，我和我的小伙伴们会一起折红色的纸龙，把它们拴在爆竹竿前头，至今我都能清晰记得轰隆隆的鞭炮声把小飞龙震得在我们头顶乱舞的样子，就这样，过去的烦恼全都被炸没了。如果你能在场，应该也会喜欢吧。

后来，这样的和睦场面再也没有了。周围的人越来越歧视我们华人，我可怜的祖母因为受不了羞辱，投井自杀了。我祖父被几个扛步枪的男子拖到了附近的林子里，再也没能回来。

十岁那年，我成了孤儿。我听说我还有个叔叔在香港。一天夜里，我跑了出来，爬进了一辆向南的货车。

几天后，我到了海边，因为偷东西吃被人抓到了。我对抓我的人说我想去香港，他们都笑了，说："你真够幸运的，我们正好要送些女孩子去香港。"

我和其他女孩藏在货船底舱，偷偷地出了境。我们被关进地下室，他们让我们站直了，还嘱咐我们在客人面前学乖巧点儿，变机灵点儿。

一些想要孩子的家庭向他们交笔介绍费后，就可以过来挑人。一旦被看中，我们就可以被"领养"。

有户姓金的人家挑了我，让我照顾他们家的两个男孩子。我每天早上四点就得起来做早餐，做完早餐后还得给孩子喂饭、洗澡，还要买菜、洗衣、打扫房间。我每天围着这两个孩子忙得团团转，他们要我干什么我就得干什么。晚上，我被关进厨房的橱柜里睡觉。如果我做事稍稍慢了一点，或者做错了什么，就会挨打；如果他们家的孩子做错了事，我会挨打；如果我偷着学英语被他们逮到，我也会挨打。

"你为什么想学英语？"金家先生问，"你想报警？你如果敢报警，我们就说你是在香港非法居留的船民。他们巴不得让你蹲监狱。"

就这样，过了六年。一天早上，一个卖鱼的老太太把我拉到一边说："像你这样的女孩子我见得多了。你多大了？十六了吧？说不定哪天买你的男人喝醉了就会对你动手动脚，你想反抗都不行。若被他老婆发现，你都不知道自己怎么死的。你得想想出路啦。我认识能帮得上你的人。"

她告诉我，有些美国男人喜欢娶亚洲女孩做老婆。如果我会做饭，会做家务，能好好伺候美国老公，他就会给我一个幸福的生活。这是我唯一的出路。就这样，我的照片连同虚假的资料出现在册子上，接着你爸爸认识了我。虽然故事情节一点儿也不浪漫，但这就是我的故事。

在美国的郊区，我是孤独的。你爸爸对我很好，很体贴，我很感激他。但没有人能真正了解我，当然我也不了解周围的事物。

接着你出生了。我看着你的小脸蛋长得那么像我的爸爸妈妈还有我，我高兴极了。我没了家人，没了四轴辘村，没了我所爱的一切。但是我有你，你的脸蛋告诉我，我关于故乡的记忆是真实的，不是幻觉。

现在，我有了可以说话的人。我可以教你我的语言，还能一起做一些我小时候喜欢的事。你第一次说中国话时，带着我和我母亲的乡音，为此我哭了一整天。第一次给你做折纸时，你被逗笑了，我顿时觉得世间没有了烦恼。

你一天天地长大，现在还可以帮我和你爸爸交流，真让我有了家的感觉。我终于找到了属于我的幸福生活。我真希望我的爸爸妈妈也能在我身边，这样我就可以给他们洗衣烧饭，让他们享享清福，但是他们已经不在了。你知道对中国人来说，最痛苦的是什么吗？就是当孩子想要孝顺父母的时候，父母已经不在人世了。

儿子，我知道你不喜欢自己长着中国人的眼睛，但它们透着我对你的期望；我知道你不喜欢自己长着一头中国人的黑发，但它饱含着我对你的祈愿。你能想象你让我的生命变得多么美好吗？你能想象当你不再和我说话，也不让我和你说中文的时候，我的心有多疼吗？我很害怕，我害怕我即将再次失去生命中一切美好的东西。

儿子，你为什么不和妈妈说话？妈妈的心真的好痛。

信读完了。那位中国女士将信递给我，我羞愧得无法抬头看她的脸。我低着头，请她再帮我一个忙，让她教我中文的"爱"字怎么写。照着她在信下方写的"爱"字，我笨拙地模仿着，写了一遍又一遍。她轻轻地拍了拍我的肩，起身离开了。这会儿，和我在一起的只有我的母亲。

我顺着折痕，把它折回了原来的样子，用手臂把它窝在怀里。随着它的一声咆哮，我带着它踏上了回家的路……

一张折纸，小折叠大智慧，一个个活灵活现的纸折小动物凝聚了中国母亲对儿子深深的爱。年少时的冲动与无知，隔断了母子之爱，也成为儿子的终生遗憾。其实，母爱不分国界、肤色与语言，母亲的胸怀永远向子女敞开。爱不仅是感恩，更是理解。亲爱的你，不要让母亲等待太久，不要让爱留有遗憾。

不识

张晓风，中国台湾散文家、女诗人。有人称其文"笔如太阳之热，霜雪之贞，篇篇有寒梅之香，字字若璎珞敲冰"，"感恩万物"是其创作永远的精神皈依。《不识》是张晓风纪念已逝父亲胡风的一篇散文，回忆了父亲生前的种种，表达在生死与父亲面前做子女的"无知"。

两个人坐着谈话，其中一个是高僧，另一个是皇帝，皇帝说："你识得我是谁吗？我——就是这个坐在你对面的人。"

"不，不识。"

他其实是认识并了解那皇帝的，但是他却回答说"不识"。也许在他看来，人与人之间其实都是不识的。谁又曾经真正认识过另一个人呢？传记作家也许可以把翔实的数据——列举，但那人却并不在数据里——没有人是可以用数据来加以还原的。

而就连我们自己，也未必识得自己吧？杜甫，终其一生，都希望做个有所建树出民水火的好官。对于自己身后可能以文章名世，他反而是不无遗憾的。他似乎从来不知道自己是有唐一代最优秀的诗人，如果命运之神允许他以诗才来换官位，他是会换的。

家人至亲，我们自以为极亲爱极了解的，其实我们所知道的也只是肤表的事件而不是刻骨的感觉。刻骨的感觉不能重现，它随风而逝，连事件的主人也不能再拾。

而我们面对面却瞠目不相识的，恐怕是生命本身吧？我们活着，却不知道何谓生命？更不知道何谓死亡？

父亲的追思会上，我问弟弟：

"追述生平，就由你来吧？你是儿子。"

弟弟沉吟了一下，说：

"我可以，不过我觉得你知道的事情更多些，有些事情，我们小的没赶上。"

然而，我真的知道父亲吗？

五指山上，朔风野大，阳光辉丽，草坪四尺下，便是父亲埋骨的所在。我站在那里一面看山下红尘深处密如蚁垤的楼宇，一面问自己：

"这墓穴中的身体是谁呢？"虽然隔着棺木隔着水泥，我看不见，但我也知道那是一副溃烂的肉躯。怎么可以这样呢？一个至亲至爱的父亲怎么可以一霎时化为一堆陌生的腐肉呢？

也许从宗教意义言，肉体只是暂时居住的房子，屋主终有搬迁之日。然而，与原屋之间总该有个徘徊顾却之意吧？造物怎可以如此绝情，让肉体接受那化作粪壤的宿命？

我该承认这一抔黄土中的腐肉为父亲呢？或是那优游于蒙鸿中的才是呢？我曾认识过死亡吗？我曾认识过父亲吗？我愕然不知怎么回答。

"小的时候，家里穷，除了过年，平时都没有肉吃。如果有客人来，就去熟肉铺子切一点肉，偶然有个挑担子卖花生米小鱼的人经过，我们小孩子就跟着那人走。没的吃，看看也是好的，我们就这样跟着跟着，一直走，都走到隔壁庄子去了，就是舍不得回头。"

那是我所知道的，他最早的童年故事。我有时忍不住，想掏把钱塞给那九十年前的馋嘴小男孩。想买一把花生米小鱼填填他的嘴，并且叫他不要再跟着小贩走，应该赶快回家去了……。

我问我自己，你真的了解那小男孩吗？还是你只不过在听故事？如果你不曾穷过饿过，那小男孩巴巴的眼神你又怎么读得懂呢？

我想，我并不明白那贫穷的小孩，那傻乎乎地跟着小贩走的小男孩。

读完徐州城里的第七师范的附小，他打算读第七师范，家人带他去见一位堂叔，目的是借钱。

堂叔站起身来，从一把旧铜壶里掏出二十一块银元，那只壶从梁柱上直吊下来，算是家中的保险柜吧？

读师范不用钱，但制服棉被杂物却都要钱，堂叔的那二十一块钱改变了父亲的一生。

我很想追上前去看一看那目光炯炯的少年，渴于知识渴于上进的少年。我很想看一看那堂叔看着他的爱怜的眼色。他必是族人中最聪明俊发的孩子，堂叔才慨然答应借钱的吧！听说小学时代，他每天上学都不从市内走路，嫌人车杂沓。他宁可绕着古城周围的城墙走，城墙上人少，他一面走，一面大声背书。那意气飞扬的男孩，天下好像没有可以难倒他的事。他走着、跑着，自觉古人的智慧因背诵而尽入胸中，一个志得意满的优秀小学生。

然而，我真认识那孩子吗？那个捧着二十一块银元来向这个世界打天下的孩子。我平生读书不过只求随缘尽兴而已，我大概不能懂得那一心苦读求上进的人，那孩子，我不能算是深识他。

"台湾出的东西，有些我们老家有，像桃子。有些我们老家没有，像木瓜番石榴。"父亲说，"没有的，就不去讲它，凡是有的，我们老家的就一定比台湾好。"

　　我有点反感，他为什么一定要坚持老家的东西比这里好呢？他离开老家都已经这么多年了，为什么还坚持老家的最好？

　　"譬如说这香椿吧！"他指着院子里的香椿树，台湾的，"长这么细细小小一株。在我们老家，那可是和榕树一样的大树咧！而且台湾是热带，一年到头都能长新芽，那芽也就不嫩了。在我们老家，只有春天才冒得出新芽来，所以那个冒法，你就不知道了。忽然一下，所有的嫩芽全冒出来了，又厚又多汁，大人小孩全来采呀，采下来用盐一揉，放在格架上晾，一面晾，那架子上腌出来的卤汁就呼噜——呼噜——的一直流，下面就用盆接着，那卤汁下起面来，那个香呀——。"

　　我吃过韩国进口的盐腌香椿芽，从它的形貌看来，揣想它未腌之前一定也极肥厚，故乡的香椿芽想来也是如此。但父亲形容香椿在腌制的过程中竟会"呼噜——呼噜——"流汁，我被他言语中的状声词所惊动，那香椿树竟在我心里成为一座地标，我每次都循着那株椿树去寻找父亲的故乡。

但我真的明白那棵树吗？我真的明白在半个世纪之后，坐在阳光璀璨的屏东城里，向我娓娓谈起的那棵树吗？

父亲晚年，我推轮椅带他上南京中山陵，只因他曾跟我说过：

"总理下葬的时候，我是军校学生，上面在我们中间选了些人去抬棺材。我被选上了，事先还得预习呢！预习的时候棺材里都装些石头……。"

他对总理一心崇敬——这一点，恐怕我也无法十分了然。我当然也同意孙中山是可佩服的，但恐怕未必那么百分之百心悦诚服。

"我们那时候的学生当然也会热心热肠，后来读了孙总理的书，觉得他讲的才是真有道理……"

能有一人令你死心塌地，生死追随，不作他想，父亲应该是幸福的。——而这种幸福，我并不能体会。

父亲说，他真正的兴趣在生物，我听了十分错愕。我还一直以为是军事学呢！抗战前后，他加入了一个国际植物学会，不时向会里提供全国各地植物的信息，我对他惊人的耐心感到不解。由于职业的关系，他跑遍大江南北，他将各地的萝卜、茄子、芹菜、白菜长得不一样的情况一一汇集报告给学会。在那个时代，我想那学会接到这位中国会员热心的讯息，也多少要吃一惊吧？

啊，他究竟是怎样的一个人呢？我对他万分好奇，如果他晚生五十年，如果他生而为我的弟弟，我是多么愿意好好培植他成为一个植物学家啊！在那一身草绿色的军服下面，他其实有着一颗生物学者的心。我小时候，他教导我的，几乎全是生物知识，我至今看到螳螂的卵仍十分惊动，那是我幼年行经田野时父亲教我辨认的。

每次他和我谈生物的时候，我都惊讶，彷佛我本来另有一个父亲，却未得成长践形。父亲也为此抱憾吗？或者他已认了？

而我不知道。

年轻时的父亲，有一次去打猎。一枪射出，一只小鸟应声而落，他捡起小鸟一看，小鸟已肚破肠流，他手里提着那温热的肉体，看着那腹腔之内一一俱全的五脏；忽然决定终其一生不再射猎。

父亲在同事间并不是一个好相处的人，听母亲说有人给他起个外号叫"杠子手"，意思是耿直不圆转。他听了也不气，只笑笑说"山难改，性难移"。他是很以自己的方正棱然自豪的，从来不屑于改正。然而这个清晨，在树林里，对一只小鸟，他却生慈柔之心，誓言从此不射猎。

父亲的性格如铁如砧，却也如风如水，——我何尝真正了解过他？

《红楼梦》第一百二十回，贾政眼看着光头赤脚身披红斗篷的宝玉向他拜了四拜，转身而去，消失在茫茫雪原里，说：

"竟哄了老太太十九年，如今叫我才明白——"

贾府上下数百人，谁又曾明白宝玉呢？家人之间，亦未必真能互相解读吧？

我于我父亲，想来也是如此无知无识。他的悲喜、他的起落、他的得意与哀伤、他的憾恨与自足，我哪里都能一一探知、一一感同身受呢？

蒲公英的散蓬能叙述花托吗？不，它只知道自己在一阵风后身不由己的和花托相失相散了，它只记得叶嫩花初之际，被轻轻托住的安全的感觉。它只知道，后来，就一切都散了，胜利的也许是生命本身，草原上的某处，会有新的蒲公英冒出来。

我终于明白，我还是不能明白父亲。至亲如父女，也只能如此。世间没有谁识得谁，正如那位高僧说的。

我觉得痛，却亦转觉释然，为我本来就无能认识的生命，为我本来就无能认识的死亡，以及不曾真正认识的父亲。原来没有谁可以彻骨认识谁，原来，我也只是如此无知无识。

　　面对已逝的父亲，面对曾留在人间的生命，面对让人猝不及防的死亡，个人常显得无知无识。生与死的深刻，父亲的深刻，对涉世不深的子女意味着太多。敬畏生死，敬畏父亲，是人生路上的必修课。

　　即使坎坷和磨难折损了幸福，只要用心感受和拥抱美好，你就是生活的主人。

如果只有三天光明，你会欢欣那映绿眼眸的柳、映红面颊的桃吗？如果知晓至亲即将离去，你会后悔那些心存怨恨的日子吗？如果有双手在你困窘之时搀扶过你，在你重见幸福的时日会感恩并回馈他人吗？时光这条河，只会不停流淌，没有为谁而停留，美好只在手中心底的每时每秒。珍惜当下，阔别过往。

站台2　心存感恩，给爱一个拥抱

　　萧伯纳曾经说过："人生不是一支短短的蜡烛，而是一支由我们暂时拿着的火炬；我们一定要把它燃得十分光明灿烂，然后交给下一代的人们。"父亲、母亲、祖父母，这是我们的至亲至爱，他们的一生散尽生命的光热，将人生的真谛和力量传于后辈，用爱哺育我们成长，激励我们前行。心怀感恩，回馈所得，给最亲爱的人一个亲吻和拥抱，也让他人感同身受。

王阿嫂的死

萧红，中国现代女作家。其作品多取材于东北家乡，情感敏锐纤细，笔触细腻朴实，颇具才情。《王阿嫂的死》是萧红所著第一篇叙述下层人民苦难的作品，也正因为其地位，《萧红全集》将该篇列在卷首，富有深意。本文讲述了孤儿小环与王阿嫂相依为命的故事，正是好心的王阿嫂的出现才结束了小环无依无靠没人疼的生活，表达了对淳朴善良的王阿嫂悲剧命运的哀悼。

一

草叶和菜叶都蒙盖上灰白色霜。山上黄了叶子的树，在等候太阳。太阳出来了，又走进朝霞去。野甸上的花花草草，在飘送着秋天零落凄迷的香气。

雾气像云烟一样蒙蔽了野花，小河，草屋，蒙蔽了一切声息，蒙蔽了远近的山岗。

王阿嫂拉着小环每天在太阳将出来的时候，到前村广场上给地主们流着汗；小环虽是七岁，她也学着给地主们流着小孩子的汗。现在春天过了，夏天过了……王阿嫂什么活计都做过，拔苗插秧。秋天一来到，王阿嫂和别的村妇们都坐在茅檐下用麻绳把茄子穿成长串长串的，一直穿着。不管蚊虫把脸和手搔得怎样红肿，也不管孩子们在屋里喊叫妈妈吵断了喉咙。她只是穿啊，穿啊，两只手像纺纱车一样，在旋转着穿。

第二天早晨，茄子就和紫色成串的铃铛一样，挂满了王阿嫂的前檐；就连用柳条编成的短墙上也挂满着紫色的铃铛。别的村妇也和王阿嫂一样，檐前尽是茄子。

可是过不了几天茄子晒成干菜了！家家都从房檐把茄子解下来，送到地主的收藏室去。王阿嫂到冬天只吃着地主用以喂猪的乱土豆，连一片干菜也不曾进过王阿嫂的嘴。

太阳在东边放射着劳工的眼睛。满山的雾气退去，男人和女人，在田庄上忙碌着。羊群和牛群在野甸子间，在山坡间，践踏并且寻食着秋天半憔悴的野花。

田庄上只是没有王阿嫂的影子，这却不知为了什么？竹三爷每天到广场上替张地主支配工人。现在竹三爷派一个正在拾土豆的小姑娘去找王阿嫂。

工人的头目，愣三抢着说：

"不如我去的好，我是男人走得快。"

得到竹三爷的允许，不到两分钟的工夫，愣三跑到王阿嫂的窗前了：

"王阿嫂，为什么不去做工呢？"

里面接着就是回答声：

"叔叔来得正好，求你到前村把王妹子叫来，我头痛，今天不去做工。"

小环坐在王阿嫂的身边，她哭着，响着鼻子说："不是呀！我妈妈扯谎，她的肚子太大了！不能做工，昨夜又是整夜的哭，不知是肚子痛还是想我的爸爸。"

王阿嫂的伤心处被小环击打着，猛烈地击打着，眼泪都从眼眶转到嗓子方面去。她只是用手拍打着小环，她急性的，意思是不叫小环再说下去。

李愣三是王阿嫂男人的表弟。听了小环的话，像动了亲属情感似的，跑到前村去了。

小环爬上窗台，用她不会梳头的小手，在给自己梳着毛蓬蓬的小辫。邻家的小猫跳上窗台，蹲踞在小环的腿上，猫像取暖似的迟缓地把眼睛睁开，又合拢来。

远处的山反映着种种样的朝霞的彩色。山坡上的羊群，牛群，就像小黑点似的，在云霞里爬走。

小环不管这些，只是在梳自己毛蓬蓬的小辫。

二

在村里，王妹子，愣三，竹三爷，这都是公共的名称。是凡佣工阶级都是这样简单，而不变化的名字。这就是工人阶级一个天然的标识。

王妹子坐在王阿嫂的身边，炕里蹲着小环，三个人寂寞着。后山上不知是什么虫子，一到中午，就吵叫出一种不可忍耐的幽默和凄怨的情绪来。

小环虽是七岁，但是就和一个少女般的会忧愁，会思量。她听着秋虫吵叫的声音，只是用她的小嘴在学着大人叹气。这个孩子也许因为母亲死得太早的缘故？

小环的父亲是一个雇工，在她还不生下来的时候，她的父亲就死了！在她五岁的时候她的母亲又死了。她的母亲是被张地主的大儿子张胡琦强奸而后气愤死了的。

五岁的小环，开始做个小流浪者了！从她贫苦的姑家，又转到更贫苦的姨家。结果为了贫苦，不能养育她，最后她在张地主家过了一年煎熬的生活。竹三爷看不惯小环被虐待的苦处。当一天王阿嫂到张家去取米，小环正被张家的孩子们将鼻子打破，满脸是血，王阿嫂把米袋子丢落在院心，她走近小环，给她擦着眼泪和血。小环哭着，王阿嫂也哭了！

有竹三爷作主，小环从那天起，就叫王阿嫂做妈妈了！那天小环是扯着王阿嫂的衣襟来到王阿嫂的家里。

　　后山的虫子，不间断地，不曾间断地在叫。王阿嫂拧着鼻涕，两腮抽动，若不是肚子突出，她简直瘦得像一条龙。她的手也正和爪子一样，为了拔苗割草而骨节突出。她的悲哀像沉淀了的淀粉似的，浓重并且不可分解。她在说着她自己的话：

　　"王妹子，你想我还能再活下去吗？昨天在田庄上张地主是踢了我一脚。那个野兽，踢得我简直发昏了，你猜他为什么踢我呢？早晨太阳一出就做工，好身子倒没妨碍，我只是再也带不动我的肚子了！又是个正午时候，我坐在地梢的一端喘两口气，他就来踢了我一脚。"

　　拧一拧鼻涕又说下去：

　　"眼看着他爸爸死了三个月了！那是刚过了五月节的时候，那时仅四个月，现在这个孩子快生下来了！咳！什么孩子，就是冤家，他爸爸的性命是丧在张地主的手里，我也非死在他们的手里不可，我想谁也逃不出地主们的手去。"

　　王妹子扶她一下，把身子翻动一下：

　　"哟！可难为你了！肚子这样你可怎么在田庄上爬走啊？"

王阿嫂的肩头抽动得加速起来。王妹子的心跳着，她在悔恨地跳着，她开始在悔恨：

"自己太不会说话，在人家最悲哀的时节，怎能用得着十分体贴的话语来激动人家悲哀的感情呢？"

王妹子又转过话头来：

"人一辈子就是这样，都是你忙我忙，结果谁也不是一个死吗？早死晚死不是一样吗？"

说着她用手巾给王阿嫂擦着眼泪，揩着她一生流不尽的眼泪：

"嫂子你别太想不开呀！身子这种样，一劲儿忧愁，并且你看着小环也该宽心。那个孩子太知好歹了！你忧愁，你哭，孩子也跟着忧愁，跟着哭。倒是让我做点饭给你吃，看外边的日影快晌午了！"

王妹子心里这样相信着：

"她的肚子被踢得胎儿活动了！危险……死……"

她打开米桶，米桶是空着。

王妹子打算到张地主家去取米，从桶盖上拿下个小盆。王阿嫂叹息着说：

"不要去呀！我不愿看他家那种脸色，叫小环到后山竹三爷家去借点吧！"

小环捧着瓦盆爬上坡，小辫在脖子上摔搭摔搭地走向后山去了！山上的虫子在憔悴的野花间，叫着憔悴的声音啊！

三

王大哥在三个月前给张地主赶着起粪的车，因为马腿给石头折断，张地主扣留他一年的工钱。王大哥气愤之极，整天醉酒，夜里不回家，睡在人家的草堆。后来他简直是疯了！看着小孩也打，狗也打，并且在田庄上乱跑，乱骂。张地主趁他睡在草堆的时候，遣人偷着把草堆点着了！王大哥在火焰里翻滚，在张地主的火焰里翻滚；他的舌头伸在嘴唇以外，他嚎叫出不是人的声音来。

有谁来救他呢？穷人连妻子都不是自己的。王阿嫂只是在前村田庄上拾土豆，她的男人却在后村给人家烧死了。

当王阿嫂奔到火堆旁边，王大哥的骨头已经烧断了！四肢脱落，脑壳直和半个破葫芦一样，火虽熄灭，但王大哥的气味却在全村漂漾。

四围看热闹的人群们，有的擦着眼睛说：

"死得太可怜！"

也有的说：

"死了倒好，不然我们的孩子要被这个疯子打死呢！"

王阿嫂拾起王大哥的骨头来，裹在衣襟里，她紧紧地抱着，她发出啕天的哭声来。她这凄惨泌血的声音，遮过草原，穿过树林的老树，直到远处的山间，发出回响来。

每个看热闹的女人，都被这个滴着血的声音诱惑得哭了！每个在哭的妇人都在生着错觉，就像自己的男人被烧死一样。

别的女人把王阿嫂的怀里紧抱着的骨头，强迫地丢开，并且劝说着：

"王阿嫂你不要这样啊！你抱着骨头又有什么用呢？要想后事。"

王阿嫂不听别人，她看不见别人，她只有自己。把骨头又抢着疯狂的包在衣襟下，她不知道这骨头没灵魂，也没有肉体，一切她都不能辨明。她在王大哥死尸被烧的气味里打滚，她向不可解脱的悲痛里用尽了她的全力的攒啊！

满是眼泪小环的脸转向王阿嫂说：

"妈妈，你不要哭疯了啊！爸爸不是因为疯才被人烧死的吗？"

王阿嫂，她不听到小环的话，鼓着肚子，涨开肺叶般地哭。她的手撕着衣裳，她的牙齿在咬嘴唇。她和一匹吼叫的狮子一样。

后来张地主手提着苍蝇拂子，和一只阴毒的老鹰一样，振动着翅膀，眼睛突出，鼻子向里勾曲调着他那有尺寸的阶级的步调从前村走来，用他压迫的口腔来劝说王阿嫂：

"天快黑了！还一劲哭什么！一个疯子死就死了吧！他的骨头有什么值钱。你回家做你以后的打算好了！现在我遣人把他埋到西岗子去。"

说着他向四周的男人们下个口令：

"这种气味……越快越好！"

妇人们的集团在低语：

"总是张老爷子，有多么慈心，什么事情，张老爷子都是帮忙的。"

王大哥是张老爷子烧死的，这事情妇人们不知道，一点不知道。田庄上的麦草打起流水样的波纹，烟筒里吐出来的炊烟，在人家的房顶上旋卷。

苍蝇拂子摆动着吸人血的姿式，张地主走回前村去。

穷汉们，和王大哥同类的穷汉们，摇煽着阔大的肩膀，王大哥的骨头被运到西岗上了！

四

三天过了！五天过了！田庄上不见王阿嫂的影子，拾土豆和割草的妇人们嘴里念叨这样的话：

"她太艰苦了！肚子那么大，真是不能做工了！"

"那天张地主踢了她一脚，五天没到田庄上来。大概是孩子生了，我晚上去看看。"

"王大哥被烧死以后，我看王阿嫂就没心思过日子了！一天东哭一场，西哭一场的，最近更厉害了！哪天不是一面拾土豆，一面流着眼泪？"

又一个妇人皱起眉毛来说：

"真的，她流的眼泪比土豆还多。"

另一个又接着说：

"可不是吗？王阿嫂拾得的土豆，是用眼泪换得的。"

在激动着热情，一个抱着孩子拾土豆的妇人说：

"今天晚上我们都该到王阿嫂家去看看，她是我们的同类呀！"

田庄上十几个妇人用响亮的嗓子在表示赞同。

张地主走来了！她们都低下头去工作着。张地主走开，她们又都抬起头来；就像被风刮倒的麦草一样，风一过去，草稍又都伸立起来；她们说着方才的话：

"她怎能不伤心呢？王大哥死时，什么也没给她留下。眼看又来到冬天，我们虽是有男人，怕是棉衣也预备不齐。她又怎么办呢？小孩子若生下来她可怎么养活呢？我算知道，有钱人的儿女是儿女，穷人的儿女，分明就是孽障。"

"谁不说呢？听说王阿嫂有过三个孩子都死了！"

其中有两个死去男人，一个是年轻的，一个是老太婆。她们在想起自己的事，老太婆想着自己男人被车轧死的事，年轻的妇人想着自己的男人吐血而死的事，只有这俩妇人什么也不说。

张地主来了！她们的头就和向日葵般在田庄上弯弯地垂下去。

小环的叫喊声在田庄上，在妇人们的头上，响起来：

"快……快来呀！我妈妈不……不能，不会说话了！"

小环是一个被大风吹着的蝴蝶，不知方向，她惊恐的翅膀痉挛在振动。她的眼泪在眼眶里急得和水银似的不定形地滚转。手在捉住自己的小辫，跺着脚破着声音喊：

"我妈……妈怎么了？……她不说话呀……不会呀！"

五

等到村妇挤进王阿嫂屋门的时候，王阿嫂自己在炕上发出她最后沉重的嚎声，她的身子是被自己的血浸染着，同时在血泊里也有一个小的、新的动物在挣扎。

王阿嫂的眼睛像一个大块的亮珠，虽然闪光而不能活动。她的嘴张得怕人，像猿猴一样，牙齿拼命地向外突出。

村妇们有的哭着，也有的躲到窗外去，屋子里散散乱乱，扫帚，水壶，破鞋，满地乱摆。邻家的小猫蹲缩在窗台上。小环低垂着头在墙角间站着，她哭，她是没有声音的在哭。

王阿嫂就这样的死了！新生下来的小孩，不到五分钟也死了！

六

月亮穿透树林的时节，棺材带着哭声向西岗子移动。村妇们都来相送，拖拖落落，穿着种种样样擦满油泥的衣服，这正表示和王阿嫂同一个阶级。

竹三爷手携着小环，走在前面。村狗在远处受惊的在叫。小环并不哭，她依持别人，她的悲哀似乎分给大家担负似的，她只是随了竹三爷踏着贴在地上的树影走。

王阿嫂的棺材被抬到西岗子树林里。男人们在地面上掘坑。

小环，这个小幽灵，坐在树根下睡了！林间的月光细碎的飘落在小环的脸上。她两手扣在膝盖间，头搭在手上，小辫在脖子上给风吹动着，她是个天然的小流浪者。

棺材合着月光埋到土里了！像完成一件工作似的，人们扰攘着。

竹三爷走到树根下摸动小环的头发：

"醒醒吧！孩子！回家了。"

小环闭着眼睛说：

"妈妈，我冷呀！"

竹三爷说：

"回家吧！你哪里还有妈妈？可怜的孩子别说梦话！"

醒过来了！小环才明白妈妈今天是不再搂着她睡了！她在树林里，月光下，妈妈的坟前，打着滚哭啊！……

"妈妈！……你不要……我了！让我跟跟跟谁睡……睡觉呀？"

"我……还要回到……张……张张地主家去挨打

吗？"——她咬住嘴唇哭。

"妈妈！跟……跟我回……回家吧！……"

远近处颤动这小姑娘的哭声，树叶和小环的哭声一样交接的在响，竹三爷同别的人一样在擦揉眼睛。

林中睡着王大哥和王阿嫂的坟墓。

村狗在远近的人家吠叫着断续的声音……

即使世态炎凉，也不能泯灭爱与善良。小环的王阿嫂"妈妈"死去了，也许今后她依旧要面对命运的暴风骤雨，但相信这一段的真心爱护会让她感恩一辈子，能让她冰凉的心有一点火光。

小猫

苏童，当代作家，以创作小说见长，其代表作《妻妾成群》入选20世纪中文小说100强，且改编为电影《大红灯笼高高挂》，蜚声海内外。本文是苏童的一篇短篇小说，讲述了小女孩"小猫"自出生起各种被"送人"的故事，表现了难以割舍的母爱以及母女间的深情。

一

他们家是一座孕儿生产作坊。从六十年代到七十年代初，那个嗓音洪亮丰乳宽臀的女人让邻居们刮目相看。她在家门口倚墙而立时，怀里总是像塞了一个米袋，她的浑圆的双臂交叉着做成一个容器，里面盛着一个毛茸茸的婴儿。你或许已经注意到那些婴儿的脸颊泛出粉红的光彩，是那种健康而美丽的粉红色，有点近似于月季花花瓣外侧的颜色。

女人们都叫她蓬仙，蓬仙生下了九个孩子。她自己对别人说，生到最后她咳嗽一下孩子就会出来，这叫什么事呢？都是冯三害了我。有一次蓬仙对几个女邻居赌咒发誓说，冯三要是再逼我做那档事，我，我他妈的就把他阉了！说着蓬仙还亮出了一把新的锋利的剪刀，她一边晃着那把剪刀，一边咯咯笑着，女邻居都知道蓬仙是在开玩笑，她们猜想蓬仙骨子里也是喜欢那档事的。

鬼才相信蓬仙那番话呢。蓬仙的衣裳又扣不住了，过了几个月，有人看见蓬仙又在剪尿布、手里抓着的正是那把缠了红线的剪刀。又过了几个月，蓬仙怀里的米袋看上去要掉下来了，又过了几天，冯家的第九个婴儿来到了我们的世界，没怎么就来了，只是啼哭了几声。

是个女孩，冯家人都叫她小猫。

二

冯家夫妇商量好了把小猫送给别人家当女儿。东门小学的老秦家无子嗣，又跟冯三沾亲带故的，蓬仙就在一大堆名单中挑选了老秦家。她说，那两口子不是老师吗？图他们是文化人，知书达理的，孩子给了他们家，日后没准也能戴上个金丝眼镜呢。冯三挥挥手说，你说送谁就送谁，孩子一窝窝的都是你下的，我不管。

小猫生下来第三天老秦夫妇就来了，男的抱来一床棉胎，女的提着半包红糖，他们一来就被这个家庭吓着了，老秦抱着的棉胎被几个男孩撞落在地上。他刚要俯身去捡，从桌底下冲出两个女孩，争先恐后地跳到棉胎上蹦开了。老秦叫起来，别在上面蹦，这是新棉胎呀。冯三闻声出来，朝两个女孩头上一人扇了一巴掌，转脸对老秦说，到我家来不能带东西，什么好东西都让他们糟蹋了。老秦说，棉胎带来包孩子的，那包红糖是送给嫂子补身子的。冯三瞟了眼女人手里的半包红糖，有点鄙夷地说，没用，这些东西到我家都没用，我们的孩子三九天光着身子也能出门，冻不死他们，红糖更没用，蓬仙她什么都不爱吃，就喝粥。

蓬仙坐在床上纳鞋底，老秦夫妇一进里屋她就把脸转向墙壁。蓬仙说，抱走吧，我不心疼，我转着身子，你们别让我看见就行。

老秦夫妇绕着婴儿的摇篮转了几圈，夫妇俩交换着眼色，不时地耳语几句，却不跟蓬仙说话。蓬仙就用鞋底往墙上笃笃敲了几下，她说，喂，你们葫芦里卖什么药？是我送孩子给你们，难道还要我来下跪求你们吗？

老秦慌乱之中把婴儿的摇篮摇得吱吱地响，他说，嫂子，你别催我们，让我们再考虑考虑。

蓬仙对着墙嗤地一笑，说，考虑考虑？那能考虑出个孩子来吗？

老秦的女人脸上有点挂不住，她伸手摸了摸婴儿的胳膊，吞吞吐吐地说，这女孩儿怎么不如他们结实健康，瘦得像只小猫，哭起来也不响亮嘛。

蓬仙对着墙说，你说这话就像个三岁的孩子，小宝宝生下来才三天，她才喝了三天的奶，怎么能比得上哥哥姐姐呢？

老秦的女人又伸手按了一下婴儿的鼻子，她说，这女孩的模样长得也不如哥哥姐姐周正，眼睛就不大，鼻梁也有点塌，女孩儿家鼻梁塌一点是常有的事，但眼睛吃亏不得。

这次蓬仙按捺不住了，她忽然从床上冲下来，抱起摇篮里的小猫放进她的被窝，她像赶鸭子一样朝老秦夫妇挥着手，嘴里嘘嘘地叫着，走吧，你们快走，我还以为你们有文化，你们的墨水都灌到膀胱里了？我的孩子，刚生下三天的小宝宝，你嫌她丑？你这样的女人要是能生孩子，那才是老天瞎了眼睛。

老秦的女人当场就捂住脸哭起来了，她捂住脸跑到门边，还是回敬了几句，你有什么了不起？你怎么知道是我不会生？你们这种人除了生孩子什么也不懂，你们不懂科学！

蓬仙坐在床上拍了拍受惊啼哭的婴儿，她的嘴角上浮起一抹冷笑，哼，怪到男人头上去了？蓬仙低声嘀咕道，科学？科学也不能让公鸡下蛋呀！

　　你知道蓬仙是那种脾气火爆口无遮拦的人，一般人斗嘴斗不过她。更何况老秦夫妇多少有些理亏。他们夫妇脸色煞白地跑到门外，冯三还在后面追着说，孩子抱不抱都行，别这么走呀，喝口水再走。老秦的女人果然回来了，她想带走那半包红糖，但那些红糖其实已经不存在了，冯家的几个孩子每人手里都抓着一把，每人嘴里都发出吧嗒吧嗒品味的响声。她看见两岁的男孩小狗坐在桌子底下，正舔着包红糖的那个破纸包。老秦的女人站在一旁朝那堆孩子巡视了一番，出来就对老秦说，冯家的孩子，哼，我一个也不想要。

三

　　小猫还在蓬仙的怀里，小猫要送人的消息却传出去了。街上有人在谈论冯家的事情，那些菩萨心肠的妇人看见冯家的孩子，眼睛里便泛出湿润的悲悯的光，他们追上了玩铁箍的小牛和小羊，争着去摸小羊的辫梢，去替小牛翻好肮脏的衣领。绍兴奶奶毕竟有点老糊涂了，她没弄清楚冯家要送掉哪一个女孩，抓住小羊的胳膊不肯松手，绍兴奶奶说，这么俊俏的女孩儿，女孩儿大了比男孩疼爹妈呀，蓬仙怎么舍得把你送走？绍兴奶奶从衣襟上抽出手帕抹着眼睛，六岁的女孩小羊却朝她狠狠翻了个白眼，小羊尖声说，谁说我要送走啦？老东西，你才会让你妈送走呢！

与蓬仙交好的几个妇人则相约一起去看那个可怜的女婴。她们看见那个被唤做小猫的女婴，真的像一只小猫一样躺在蓬仙的怀里，两只小手也像小猫的爪子似的抓挠着蓬仙硕大的乳房。蓬仙一边喂奶一边缠旧毛线，或者说蓬仙在缠旧毛线时腾出了身子给小猫喂奶。

一个妇人替蓬仙绷起毛线说，喂着奶手也不肯闲着，你要累死自己呀？

蓬仙说，我要不把自己累死，这些孩子怎么长得大？

另一个妇人上前抢过小猫抱住，在她脸上亲着，嘴里忍不住含沙射影开了，她说，可怜的小东西，你还笑呢，你妈要把你送人了你还在笑，你怎么笑得出来呀？

蓬仙的眉头跳了跳，沉下脸说，你要是心疼你抱回家去。

第三个妇人说，羊圈大了好养羊，七个孩子九个孩子还不是一样养，蓬仙你怎么会舍得把她送人？

蓬仙说，站着说话不腰疼，你才生了几个？告诉你们你们也不懂，生孩子生到我这份上，男孩女孩，长壶嘴的没壶嘴的，个个都心疼，个个都不心疼。

妇人们一时哑口无言，都愕然地看着蓬仙。蓬仙的眼圈有点红，抓过一块尿布嗤啦嗤啦地擤了把鼻涕，突然又笑起来说，我也糊涂了，我一心要找个比我疼孩子的人家，那不是糊涂？天底下的父母疼的是自己的骨血，哪儿会有我找的那户人家？我还在想呢，我这九个孩子个个跟野孩子似的，就不能有个白白净净戴金丝边眼镜的？细想想也不对，女孩子家眼睛坏了才麻烦，日后嫁了人，要是大伯子小叔子什么的爬错了床，她也看不清楚，那不是白白吃大亏吗！

你知道蓬仙就是这种像黄梅雨季的女人，雨下得急，太阳也说出就出。那天也一样，几个妇人后来被蓬仙逗得蹲在地上笑，蓬仙却不笑，瞪着女婴的手怔了一会儿，没头没脑地说，我是可怜他们。

你知道我们街上的妇人们大多是爱管闲事的，她们不打算把自己的孩子送给别人，但她们开始热心地为小猫物色一户好人家，当然她们每个人都清楚蓬仙心目中的好人家是什么条件。有一天她们终于与化工厂的女会计碰了头，女会计与一个海军军官结婚十几年了，还没有孩子，丈夫远在南海疆域，没有谁比女会计更需要一个孩子，几个女人在化工厂一角与女会计嘁嘁咕咕说了半天，后来她们就把女会计领到蓬仙家里来了。

那天恰逢小猫满月。蓬仙煮了一锅红蛋，顺手蘸了点蔻汁点在小猫的前额上，而冯家的其他孩子脸上额上也都画得红红绿绿的，分成两排伏在桌上，他们正吸溜吸溜地享受着小猫的满月面。

蓬仙却不怎么理睬女会计，旁边的说客刚要兜出来意，就被蓬仙制止了。别说了，我知道你们干什么来了，蓬仙咬烂了一口面条塞进女婴的嘴里，她说，真滑稽，把我们家当卖人口的铺子啦？

女会计脸色立刻尴尬起来，好在说客与蓬仙厮混惯的，她凑到蓬仙耳边低声说了一番话，蓬仙终于窃窃一笑，又说了一番话，蓬仙就哈哈笑开了，一边笑一边还揉搓着胀奶的乳房。蓬仙不时地朝女会计瞥上一眼，眼光有时是猜忌的，有时却充满怜悯。

这女孩长得丑，鼻梁塌，眼睛也小。蓬仙突然说。

孩子都可爱，我觉得她一点也不丑。女会计说。

这女孩瘦得像只猫，以后不知道能不能长得大。蓬仙又说。

你说到哪儿去了？女会计笑着说，只要细心照料，孩子哪儿有长不大的道理？只要你放心给我，我保证这孩子以后白白胖胖的。

我放了一半心。蓬仙审视着女会计，沉默了一会儿，倏地钻到被窝里去，用被子蒙住头说，抱走吧，抱走吧，别让我看见我就不心疼。

旁边的说客朝女会计使了个眼色，女会计求婴心切，果然抱起婴儿的褓褓就走。小猫并没有哭，倒是四岁的小牛追上来拽女会计的衣角，嘴里尖叫着，你偷我们家的东西。女会计夺路而走，边走边说，不是偷的，是你妈送的。女会计疾步走出冯家门，蓬仙还是追了出来，蓬仙光着脚追出来，一迭声地喊着，奶，奶，奶呀！

什么奶？女会计回头一看，蓬仙满脸是泪，倚在门框上，双手紧紧地按着自己的乳房。

奶，奶，蓬仙抹了把眼泪说，你没有奶水，你怎么喂孩子呀？

那没问题，人工喂养，我早想好了，女会计抱紧了婴儿，她说，我买奶粉、奶糕，还有鲜牛奶，鲜果汁，不会饿着孩子的。

人工喂养怎么行？孩子长不出力气。蓬仙上前在小猫脸上亲了一口，然后她突然做出了一个奇怪的决定，我来喂奶，我每天抽空给小猫喂两次奶，蓬仙说，三袋奶粉也顶不了我的一碗奶汁，不喝我的奶小猫长不大的。

四

后来的纠葛其实就是由喂奶引起的。女会计当时勉强点头应承了蓬仙，但她只遵从了两天。她告诉别人，看看蓬仙给小猫喂奶的样子，她心里别扭极了。既然你把孩子送给我，就该让我来哺养孩子，女会计满腹牢骚地说，凭什么说她一滴奶顶过三袋奶粉？孩子给了我，我就是她的母亲了，为什么非要喝她的奶呢？

蓬仙等了两天，不见女会计和小猫的影子，人就有点失魂落魄的。她想把小猫饿死啊？蓬仙这么喊了一声就冲出家门。她先是走了半个城市找到女会计的家。那门上挂着铁锁，门前晾着一排用新纱布剪成的湿尿布，蓬仙摸了摸那些尿布，忍不住嘀咕道，懂个屁，新纱布哪有旧的好？女会计的邻居告诉蓬仙说，陈会计还没下班呢，她刚过继了弟弟家的孩子，这几天忙坏了。蓬仙一听就笑了，那不是她亲生女吗？又问那邻居，那孩子夜里闹不闹？邻居说，怎么不闹？夜里闹得左邻右舍都睡不着。蓬仙一听就不说话了，心里想，没生养过的女人就是不会带孩子。

蓬仙急急匆匆地又穿越半个城市，朝女会计所在的化工厂走去，走到半途上，奶汁胀得厉害，蓬仙就找个僻静处把奶汁挤掉了一半。大约午后两点钟左右，蓬仙闯进了化工厂，传达室的老头想拦住她盘问几句，蓬仙却急匆匆地往里面奔跑，她说，不喂不行了，要饿坏了，要饿坏了！老头在后面追着喊，你跑什么？什么饿坏了？蓬仙头也不回，边跑边叫了一声，我的孩子！

蓬仙来到了化工厂托儿所的窗外，一眼就看见小猫，一个保育员正拿着一瓶淡黄色的液体往小猫嘴里塞。蓬仙或许是急晕了头，一时竟然找不到托儿所的门，干脆就从窗子里翻了进去。里面的保育员惊呆了，纷纷过来围住了蓬仙，蓬仙也来不及解释，衣裳一撩就抢过了小猫。这样过了一分钟，母婴俩脸上都露出了一种轻快幸福的笑容。保育员们却仍然没醒过神来，七嘴八舌地盘问开了，你是陈会计的什么人？你是她弟媳妇吗？你是她请来的奶妈吗？

蓬仙不理睬这些问题，她伸出食指在婴儿脸上轻轻划了一圈，说，才两天不到，就瘦了一圈。又指着床上的奶瓶问，那瓶子里黄颜色的，是什么东西？保育员说，橘子汁呀，陈会计关照的，两点钟给孩子喂橘子汁。蓬仙一听火又窜上来了，她说，懂个屁，橘子汁也能顶饱？这么酸的东西，孩子的胃怎么受得了？孩子那胃比豆腐还嫩呀，这么喂孩子不得胃病才怪。蓬仙说话的嗓门很高，几个午睡的孩子被吵醒了，哇哇大哭起来，保育员们就请蓬仙到外面说话，蓬仙一边走一边说，这儿的孩子胆小，换了我家那些孩子，就是来个戏班子在他们床前唱戏打鼓，他们也不会哭一声。

到了外面蓬仙仍然抱着小猫，后来女会计闻讯赶来，看见蓬仙抱孩子的那模样那表情，她就预感到这个女婴已经不属于她了。蓬仙的目光冷冷地投射过来，充满了愤怒和轻蔑。

女会计说，你怎么找到这里来了？

蓬仙说，我要是不来，孩子是死是活还不知道呢。

女会计急了，她说，你怎么这样说话？孩子不是好好的吗？你以为就你的奶水值钱，孩子离了你就活不成啦？

蓬仙抱住小猫朝左边右边晃了几下，现在看来我的孩子离了我就是活不成。蓬仙的语气忽然变得平静，她抱着小猫走到女会计面前，说，我要带她回家，你要不要再抱一抱她？女会计绝望地扭过头去。你不要抱最后一下？蓬仙在女会计身边停留着，她脸上的表情像雨云一样急遽地变幻着，最后变成一丝悲哀的冷笑，她说，你也不怎么样，我还是看错人了。

女婴小猫就这样被她母亲又抱回了家，第二天我们街上那些好事的妇人来到冯家，她们叽叽喳喳地议论着女会计的那瓶橘子汁。蓬仙听得不耐烦了，她说，咳，喂点橘子汁也没什么了不起，我变卦也不是为了橘子汁，是她没经住我的考验，我让她抱孩子最后一下，我想看她抱孩子时哭不哭，她一哭我的心肯定软了，可是她不要抱，她不要抱，那个女人，她没经住我的考验呀！

五

小猫像一只小猫一样偎着蓬仙长大了。

冯家九个孩子中，蓬仙最疼爱的就是小猫，小猫的哥哥姐姐嫉妒她，吵起嘴来就说，你以为妈疼你？你刚生出来时差点让妈送给人家。小猫不相信，跑去问蓬仙，蓬仙笑着回答她，别听他们胡说，就是把他们八个都送人了，妈也不会把你送走的。

蓬仙到哪儿都带着小猫，蓬仙到哪儿小猫都跟着。小猫七岁那年跟着母亲去杂货店买扫帚，看见一个女人在柜台另一侧买凉席，那女人的手在凉席上一遍遍地搓摸着，眼睛却直勾勾地注视着自己。小猫有点害怕，就躲在蓬仙的身后不让她看见，等到那女人走出了杂货店，小猫就大声地问蓬仙，那人是谁？她为什么要盯着我看呢？

蓬仙沉默了一会儿，突然哈哈地笑起来。她在小猫脸蛋上拧了一把，说，她当然要盯着你看，看你长得漂亮不漂亮，看你懂事不懂事，你差点做了她的女儿嘛。

小猫瞪大了眼睛张大了嘴巴哇哇大哭起来，小猫还用新买的扫帚打母亲的屁股。蓬仙怎么哄也没用，一咬牙就使了个杀手锏，她高声喊道，再哭，你再哭我真的把你送给她，送给她去做女儿！

这下小猫被吓住了，小猫顿时止住了哭闹，她的两只手死死地抓住蓬仙的衣角。她的眼睛恐惧地望着杂货店门外，幸运的是那个女人已经拐过街角不见了，那个女人已经不见了。

蓬仙朝杂货店的女店员挤了挤眼睛，她说，没有办法，自己的孩子就得自己养。

那还用说吗？女店员不假思索地回答，那还用说吗？

一条脐带，是母与子之间扯不断的情感纽带。这一世缘分，成就母子情深。感恩生命中，我们拥有、支持并深爱着的彼此。

三好生

古有言："一日为师，终生为父。"恩师可能成为改变一个人一生的关键人物。作者陈庆苞。本文讲述了农村男孩阴差阳错受到了班主任老师"亲点"的"三好生"荣誉奖励，从此发愤图强并在日后也成为人师的故事。

从小学一年级到五年级，他从未当过"三好生"，也从未想过当"三好生"，尽管他成绩不错，表现也很好。

村子很偏僻，附近有一个军营，军营子女成了学校里一个很特殊的群体。他们穿戴干净，长得也漂亮，还能给老师捎一些难买到的东西，自然就比农家子弟"得宠"，村里的孩子只要不是特别出色，就很难引起老师的注意。他那时很自卑。

五年级临放寒假时，学校照例在小操场上召开表彰会。"三好生"上台领奖往往是表彰会的高潮。校长在上面讲话，学生在下面说话，整个操场乱哄哄的什么也听不见，他低着头想自己的心事。

"要发奖了！"有人喊了一声，同学们的目光都聚到主席台上。被喊到的大都是军营子女，他们不像农家子弟那样红着脸到主席台上拿了奖状就跑，而是大大方方，到主席台上先向校长敬少先队礼，然后双手接过奖状，再昂首挺胸地走回来。他很羡慕他们。他觉得"三好生"不是他这种人能当的。突然旁边的"大胖"用胳膊肘捣他，"快！校长喊你到台上领奖，你是'三好生'啊！"

领奖的时候，为了替农家子弟争回些面子，他走得郑重其事。到主席台上，他也像城里孩子那样向校长敬了一个标准的少先队礼。

接下来，就该双手接奖状了。

"你来干什么？"校长的神色很奇怪，脸上没有一丝笑容。

"我来……领奖呀。"他不明白，为什么校长对别的"三好生"笑容可掬，唯独对他冷冰冰的。他有些委屈。

"领什么奖？！"校长一下子暴怒起来，"这简直是胡闹！"……

校长把"三好生"名单往他面前一递，"你看看，上面连你的名字都没有，我会叫你来领奖？"

他听到身后传来同学们的笑声。当时肯定全场都笑了。只听"大胖"一边笑一边大声嚷嚷："哎，他信了！

他信了！"

这时他才知道自己被人捉弄了，当着这么多人的面。他无地自容，转身就跑。

他的班主任，一个不苟言笑、做事认真得近乎古板的人，走过来拦住他，"别走，这次'三好生'有你呀。"

全场一下子静了下来。

班主任走到校长面前，"这次'三好生'有他，怎么能没有呢？我明明记得有嘛。"

校长生气地把名单递给班主任。他仔细地看了两遍，一拍脑门，"哎呀，你看我写名单的时候把他漏掉了，都怪我！"

校长脸一沉，"胡闹！亏你平时那么认真，也能出这种错！现在怎么收场？"

全场静得出奇。

班主任把上衣口袋里的钢笔拿下来递到他手上，"没有奖状和红花了，这个奖给你吧。"这引得学生们羡慕不已。要知道，那个时候对一个农村孩子来说，钢笔还是奢侈品啊。他拥有了第一支钢笔，他的自卑感一下子消失了，从此和"三好生"结下了不解之缘，直到高中毕业，进入大学。

他当时对班主任虽有感激，但更多的是埋怨，是遗憾。从此以后，无论在校内校外，他见了班主任总觉得不自在，尽量躲着走。班主任一笑置之，待他如故。

二十年之后的一天，他向妻谈起了那件事，提到了他当年的班主任，那个不苟言笑、做事认真得近乎古板的人。

"你说，他那么认真的一个人，怎么能把我漏掉呢？"他感慨道。

妻笑吟吟地反问道："他那么认真的一个人，怎么能单单把你漏掉呢？"

半晌无语。

夜半，他披衣而起，两眼含泪，拿起信笺……

师恩重如山。曾经的一件小事多少年后才醒悟，那是老师对自己无言的理解与深情。年少不更事，正是那难得的一次"三好生"奖励与那支珍贵的钢笔让自卑的孩子从此充满信心地上路。都言师长对学生的关爱和奉献，却忘了那非常珍贵的品质——对求学与成长路上孩子们的深切理解与支持。

女儿

本文收录于2012年《文苑·经典美文》，作者雷月波，她以母亲的角度回忆了女儿自出生至长成的心路历程，讲述了母亲与女儿之间互相理解与支持的暖人故事。

一

她第一次吮奶，我还在犹豫不决，她就径直钻入怀里，三下两下用力一吸，通了。一边吸一边用眼睛看我。我给了她一个讨厌的表情。太痛了，无异于过狼牙虎口关。十七年过去了，我想起她的第一次吃奶，竟然用了"讨债"这个词，总之，她不是善弱之辈。

她小时候总是生病，半岁时就住进了医院。烧起来就三十九度，脸红、气喘、身子发烫。再黑的夜，再冷的天，也得赶紧去拿药或抱她上医院。她小小的脑壳上被剃去一块，被那个笨笨的护士一遍又一遍地扎进去找血管，她在手术台上，拼命地哭叫，我突然有点恨那个护士，我想，她那么笨，拿小孩子做试验品。也怪孩子，你乱弹，吃亏的是你自己。这哪里是看病，分明看两个无知的人在这里出丑，烧是被吓退的。

我记忆里，她会走路时，穿一件黑缎长旗袍，戴一顶少爷帽。她的皮肤很白，头发很黑，这一身行头，很好看。我说："把你的帽子借我戴一下吧。"她很认真地点点头，说好，很大方的样子。早晨，她跟在我后面，去食堂打饭。我急于上班走得快，不时回头看她，摇摇晃晃，不免又急又恼，停下来等她。她赶上来，很有点怕被人抛下的样子，伸出柔嫩的小手，紧紧抓住我的衣服，一副尽力而为的神态。下午，她总是说：出去玩。她渴望外面的世界。在外面她很乖，拉着我的手，问东问西，还从四周找点小草放在我手里，她总有东西可载而归。

上小学时，她突然变得飞扬跋扈起来。一天到晚身上散发着尘土与日光的味道，和一帮野孩子一会儿呼啸着穿过厅堂，一会儿一头是汗地往家里沙发上放下一撮花，很是得意地看我一眼，然后跑出去。她开始和同伴打架，打不赢回来告状，有老人在身边时，瞅着机会猛攻对方一下，复仇完似的跑回家，十足的霸气。说她不对，她不服气地看你，然后十分委屈地开始哭，你拉她，她就滚倒在地，边哭边翻动双腿。实在制止不了，我说我喊三下，你必须起来。她继续哭叫，以为我会让步，三下后，我抡起了巴掌。

大家认为她人小但并不软弱，有时还很难缠，我也这样认为。她曾为书包里的书被放错位置，尖声号叫不止，像受了天大的不公。在学校时，有谁惹了她，她也用尖叫招来老师，谁让她是老师的小孩，而且年龄相对而言又小呢。大多数学生既爱她又怕她，更不敢惹她。否则，老师的批评会落在他们头上。

不知什么时候，她开始很野，放学后不好好回家，到山上或水库边玩。有一次回家来，后面跟了一大排学生，你推我搡，像看热闹。我看见她穿的新鞋上面全是污泥，问怎么回事，大伙就说：在堰塘里，我们不让她踩泥巴，她要踩，我们说会挨揍，她说不会，还让我们来看。她居然知道我的行为准则！我用书中圣人的教诲，她屡试不爽，谅我不会拿她怎样。大家问为什么不打她，还为她洗脚？我说：她体验了泥巴的滋味，对她很好，我小时候也有这样的愿望。泥巴可以洗掉。看我这样说，她说：我妈真的与你们的妈不一样吧，我说她不打就不会打。她语气里透出得意，还嘿嘿一笑，我发现她很狡猾。此后，隔三差五地见她脱掉鞋袜在水里蹚，书包丢在粮堆下。有一次掉进有水的树坑里，爬不出来了，我问她：好玩吗？她想了一下说："嗯。"我说好玩你就别起来。

我有几天不理她，她知道做错了事，有点害怕。专门拿了一大把糖果放在我的桌上。我不理她，她很没趣，对自己说，很甜的，看我还不动，拿起一颗剥了放进嘴里，吸溜吸溜地吃了，把其余的糖装进自己的口袋。我知道，她是向我认错。

中午，关在家里消暑，她不睡。我睡醒一看，她把五彩的布条系在自己头上，肩披彩巾，还说上学去。我说别人会笑你，妖精来了。她认真地说，这样很好看的。一副谁也挡不住的样子走下楼梯。一会儿，她走上来，卸下披肩，再往下走。我知道她还会返回。第二次上来，她拿掉头上的彩饰，表现出不舍的样子，还有些对自己的失望。她喜欢演戏，电视里一出现歌舞，她就从床头滚下来，连蹦带跳，一副展翅欲飞的样子，还找来床单在地上打滚。那次庆一个什么节，她定要拉我去看她演出。大冬天里，三个小时前就化妆准备，脱掉了棉袄。结果大病一场。我也不知道形式主义就这般害人，连小学生也害了，她还情不自禁地让它害。我装着严肃的样子问她，如果我和爸爸分开，你跟谁？她看也不看我一眼，想都不想地说："把我从中间劈开，一人一半！"这样的玩笑我只开过一次，再也不说连孩子也觉得无趣的话。

有一天晚上，我打牌忘了时间，十一点，走进家，发现她窝在沙发下面伤心地哭，边上有熟人在劝慰。原来她没有睡，找不到我在哪，给她出差的父亲打电话，她父亲通过电话请来朋友安抚，可她怎么也不听。这是她受到的人生第一次的挫折。我整整劝慰了一个小时，她才慢慢平静。长大后，每当我提起她小时候离不开大人，揪着大人不放，她总是不承认，用气急败坏的口气说，不可能！

有那么一次，她跑向我，拥抱住我，她突然比我高了，长长的胳膊，高高的腿脚，她将我围困了。仿佛就在昨天，我还抱着她，她乖乖地依在我怀里。此刻，她站在我面前，得意地看着我，用眼角瞅着我说：我打得过你了。

二

年少的成长，如风中展翅的旗，又如盛开的花，我暗暗乐了。

突然感到她长大了，好像还是在半年前，她总是感叹生活的不对劲，感叹环境不如意，感叹自己的父母没有别人家的父母有成就。一天，与她同龄的表妹来信了，表妹家无收入，父母不和，生活窘迫，时常向我告贷求助。想一想，同样的生命，只因为出生的家庭不同而已。她给表妹写了一封信，告诉她我们愿意帮助她，并希望她好好学习。那时，她说了一句话：和表妹相比，老天对我还是很不错的。

我奇异地看着她，问为什么？她说：这是我的心里话，我感受到了。邮完信，看着她回来，在我眼里，她不再是轻飘飘的，而是有了分量的感觉。这一年，我很快乐，这一年有了一个词，时时在我心里闪动，那就是：感恩。连她都知道感恩了，可见生活对我们真的不错。

她越来越懂事了，十分用功地学习，上进心与日俱增，跌倒了也能勇敢地面对并迅速爬起来。她说，学习起来的时候，我紧张不起来，我就是紧张不起来，怎么办呢？我们还在帮她找方法，其实她已经达到了轻松学习的最佳状态，是玩着学习。

她的智商不仅仅体现于学习，她还富有爱与同情心。她用文字和语言，为每一个长辈和亲属建立起档案，供她学习借鉴。

她知道爱美，也长漂亮了，她有时会把衣服搭配起来，学着时尚，风光旖旎地走进教室。大家都注意看你了吗？我问她。她说，没有。但有什么关系呢，一副骄傲的神态。

有那么一个下午，她和我坐在石凳上，问：你怎么总是那么忧郁？我一惊：你看出来了？

她说：你把咱们家弄得快长霉了！我无奈地告诉她：因为爱错一个人，无法释怀。她说：那你就不会有我和爸爸了，我和爸爸都深爱你！我惭愧地看着她，她低下了头，我知道我伤害了她。没有哪一个女儿像她那么在意我。

那个深夜我流泪了，二十年来希望从爱我的人那里听到的一句话，今天竟然在她这里听到了。那一刻，她离我这样近，她是我生命中最重要的一个女性，想想多年以后，身边的亲人一个个离开，只有她会陪着我慢慢变老，与我血脉相连，终生执爱，永不言悔，我的心里，岂止只有歉意！

没有人知道，这句话对我而言有多么重要。仿佛也是在昨天，她伸开柔嫩的手臂，欢快地叫道：妈妈，抱！那是第一次我感到有人需要我，从而把我从被遗漏中拯救出来。仍然是她，十七年后，又轻轻为我解开心头的一个结。我突然发现她长大了，长得那样美好，这样一点点显现出她的特点，像一株竹子，慢慢勾勒出自己独特的轮廓，让人惊奇，让人感动。

晚上，她在家，我又嘻嘻哈哈地对她说：你好臭，臭宝，臭宝……

她总是洗完澡后，衣服一地，满盆是水，毛巾乱搭，瓶盖不扣，鞋袜分家，像所有打乱仗的20世纪90年代孩子一样，我为此总是看不上眼，常常带着数落的口吻说她臭。往常，我说她臭时，她总是会立刻反驳我，说自己是班上最爱干净的了，但这一次她没有。她说：有一次，她在宿舍里说，我妈一天到晚总说我臭，我是不是真臭啊？别人告诉她，你妈说你臭，怎么后面还带个宝呢，她是说你是她的宝呢，笨蛋！

她说完这话，我愣了一下，我想，是啊，原来我是这样爱她！

一晃十七年，女儿从"讨债的"变成贴心"小棉袄"，从调皮捣蛋的孩童出落成亭亭玉立的大姑娘。孩子的成长，同样也是母亲从少女变为人母的成长，与孩子相比，母亲显得更多愁，更善感，反倒是孩子的天真和乐观给予母亲更多的鼓励和安慰。母子之间陪伴即是最好的爱，而支持便是最大的付出。

兄弟的另一种诠释

人人都为自己能有一个好兄弟而感到自豪，可当你的兄弟是"弱智"时，你会怎样待他？本文作者以梦为马，就讲述了这样一个感人至深的故事。哥哥是上天没有眷顾的天使，没有父母的疼爱，更没有美好的人生，可他却心地纯善，真诚地爱着他的家人，对弟弟尤其疼爱有加。也许只有离开，才能让身边的人珍惜。愿他在天堂快乐，永远快乐。

他出生的那年，计划生育抓得正严，村里有生二胎的人家，不是要躲到外地就是要被罚款。只有他，是光明正大生下来的老二，并非家中有权有势，而是因为他哥哥患有先天脑疾。用俗话说，就是弱智。

一

母亲挥着手里的一根小竹竿，对他说：永远不许碰弟弟，记住没？因为担心他会伤害弟弟。父母更不许他进入他们的房间，即使是吃饭，也让他单独在自己的小屋里吃。他经常偷偷蹲在父母的房门外向屋里望去，看到弟弟时，就笑得口水顺着嘴角流出来了。其实他很小的时候，也曾被深深地疼爱过。只是当年龄相仿的孩子已经学会说话、走路时，他却目光呆滞，讲不出一个字来。检查出是脑疾后，爷爷奶奶把怨气撒到母亲身上，母亲便把委屈强加给他，经常因为一点小事就打他一顿。有时，母亲在院子里抱着弟弟晒太阳，他小心翼翼地靠近，兴奋得想摸摸弟弟的脸蛋，母亲像逃避瘟疫一样抱着弟弟闪到一边，大声喝斥他：不许碰弟弟，你想把病传染给弟弟吗？一次，父母不在，他远远地看着姑姑怀里的弟弟，还是傻傻地笑，流着口水。姑姑心一酸，向他招手，说：来，摸摸弟弟的手。他却迅速地躲开，口齿不清，断断续续地说：不……不摸，传……传染……

那天姑姑哭了。他伸手为姑姑擦眼泪，自己却依旧在笑。

二

弟弟慢慢长大，已经开始牙牙学语。有几次，弟弟伸着胳膊，蹒跚着向他走来，他兴奋得手舞足蹈，只是母亲总会慌忙跑过来，把弟弟抱开。看着别的孩子手里拿着的冰棒，他抿舔着唇，感到炎热而口渴。那些孩子说：你学狗在地上爬，就把冰棒给你。他学了，可他们并没有把冰棒给他，而是笑得前仰后合。一向动作迟缓的他猛地从地上爬起来，像疯了一样劈手就抢，那些孩子都吓呆了。他拿着冰棒深一脚浅一脚地向家里跑去，一路上，冰棒不断融化，待他跑回家里时，只剩下可怜的一点了。弟弟正在院子里玩，他趁着母亲不注意，把冰棒举到弟弟面前，说：吃，吃，弟吃。母亲看见他拿着一根小木棍向弟弟比画，冲过来一把将他推开。他摔倒在地，仅剩的冰棒棍也掉在地上，他痴痴地看了一会儿，哇地一声哭了。

弟弟学会说话了，可是从没有人教过他叫哥。他多希望自己能像所有的哥哥一样，被弟弟叫一声哥。为此，每当弟弟在院子里玩时，他就会在三米外的地方，吃力地大声喊：哥，哥。他想让弟弟听到，让弟弟学会叫他哥。一天，他继续喊着哥、哥时，母亲冲他嚷：一边玩去。这时，弟弟突然抬起头看着他，竟然清晰地叫了一声"哥"。他从来没有如此激动过——拍着巴掌跳起来，忽然跑过去，用力抱住弟弟，眼泪和口水一起流到弟弟身上。

三

　　他是从小被同学喊着"傻子他弟"长大的，他对这个称谓憎恶至极。所以他看着总是对着他傻笑的哥哥，心中充满了厌恶。一次他又因为"傻子他弟"这个称呼和同学撕打了起来，他被那个同学压在身下，忽然对方的身体轻飘飘地离开了他，是哥哥出手了。

　　他从未见过哥哥使这么大的力气，把那个男孩横空举起，摔在地上。男孩顿时在地上滚着喊疼。他害怕了，他们惹了祸，父亲一定会揍他的。那一刻他恨透了母亲，为什么生一个傻子给他当哥哥。他用力地推了哥哥一把，气愤地吼：谁让你多管闲事，你这个傻子。哥哥被推得抵到树上，傻呆呆地看着他。那天，父亲让他和哥哥并排跪在地上，竹竿无情地落下来时，哥哥趴在了他的身上，忍痛颤抖着说：打，打我。

　　有一天，城里的亲戚带来了他们没见过的糖果，母亲分给他八块，留给哥哥三块，这样的事情已不是第一次，他理所当然地接受了。次日清晨，哥哥在窗外敲着玻璃对他傻笑，踮着脚把一只手伸过来，脏兮兮的掌心里是两块糖。他愣了愣，没有接。哥哥再次伸手时，已变成三块糖。是哥哥仅有的三块糖，他含糊地说：吃，弟吃。不知为什么，这次他突然不想要了，哥哥急得跺着脚说不出话来，干脆把糖纸剥开，往他嘴里塞。当他吃下糖时，他清楚地看到哥哥眼里流出了泪水。

四

弟弟拿到大学录取通知书的那天，父母乐得合不拢嘴，哥哥也高兴地又蹦又跳。其实哥哥并不明白什么是大学，但是他知道弟弟给家里争了气，现在没有人再叫他傻子，而是叫他"君旺他哥"。他离开家的前一天晚上，哥哥还是不肯进他的屋子，而是从窗外递给他一个花布包。他打开，竟是几套新衣服。都是几年前姑姑给他们哥俩做的或是城里的姨妈送的。原来，这么多年，哥哥一直没有穿过新衣服。可是，他和父母却从未注意过。此刻，他才发现，哥哥穿在身上的衣服磨破了边，裤子短得吊在腿上，滑稽得像个小丑。他鼻子微微发酸，这么多年，除了儿时的厌恶和长大后的忽视外，他给过哥哥什么呢？哥哥还是多年前傻笑的模样，只是眼里多了几分期待，他知道那期待意味着什么。尽管哥哥不知道他在不断地长高，不知道衣服的款式已过时，他无法穿出门。但他还是假装收下了衣服，高兴得在身上比量着问：哥，好看不？哥哥很用力地点头，笑的时候嘴巴咧得很大。他在纸上写了两个字："兄弟。"他指着"兄"字对哥哥说：这个字读兄，兄就是哥哥；又指着"弟"字，这个字读弟，弟弟就是我。"兄弟"的意思就是先有哥哥，才有弟弟。没有你，就没有我。那天，他反复地教，哥哥却坚持读那两个字为"弟兄"，不连续却很坚决地读：弟，兄。走出哥哥房门时，他哭了。哥哥是在告诉他，在哥哥心中，弟弟永远是第一位的，没有弟，就没有兄。

五

对一个农村孩子而言，大学生活显得分外精彩，他几乎忘了自己还有个患脑疾的哥哥。那次母亲在邮局给他打电话时，哥哥一起去了。母亲絮絮叨叨地说了很多，末了，母亲说：跟你哥也说几句吧。哥哥接过电话后，许久没有声音，又是母亲接过来，说：挂了吧，你哥哭了，他在胸口比画着，意思是想你。他本想让母亲再把电话给哥哥，他想告诉哥哥，等自己回去教他写字，给他带只有城

121

里才有的糖果和点心，可是他张了张嘴，却应了句那就挂了吧。因为他看到寝室同学好奇的目光，他不想让他们知道他有一个傻哥哥。暑假，他买了糖果和点心，路上，他塞了一块糖在嘴里，忽然想起儿时哥哥强行塞进他嘴里的糖，忍不住喉头发紧。糖在嘴里泛着微微的苦涩。第一次，他回到家就找哥哥，满院子地喊：哥，哥，我回来了，你看我给你带什么了？只是他再也没找到那个只会对着他傻笑的哥哥，那个年近三十还穿着吊腿裤子的哥哥。父亲老泪纵横，痛苦地告诉他：一个月前，你哥下河去救溺水的孩子，他自己也不会游泳，把孩子推上来，他就没能上来……父亲蹲在地上失声痛哭着说，我们欠那孩子的太多了！

他一个人坐在河边，对哥哥的回忆时而清晰，时而模糊。他从口袋里掏出那张纸，上边写着"兄弟"那是他的字；下边是歪歪扭扭的不容易辨认的两个字，只有他能看得出，是哥哥写的——弟兄。

兄弟姐妹是成长路上除父母外最亲近的朋友了，有他们相伴的人生更显珍贵和幸福。也许，直到失去了永远爱自己的傻哥哥，才真正能理解这种特殊的兄弟深情吧。

　　命运也许是残酷的，但总有那些人、那些事，会支撑你走过
黑暗，走向光明。

还记得小时候妈妈给你洗澡穿衣时那双轻柔爱抚的手吗？还记得大风大雨之日躲在爸爸披风之下拥抱他后背的温暖吗？还记得拉着爷爷奶奶的手在路旁接过糖葫芦时的笑容吗？青春的路，注定不平坦地走过，给予自己最多的一定是身后的家人。当岁月衰老，请像曾经爱你的他们一样，真心回报。

站台3 相互理解，给所爱全部心房

理解，筑起爱的桥梁。因为理解，触碰心灵最柔软的地方。葆有悲悯、怜爱之心，不分国度、语言和种族，不论爱情、亲情与友情。人与人、人与动物之间，理解是生命常青的滋养，理解是让爱泛起涟漪的温暖的巢。学会理解，善待所爱，让彼此住进爱的心房。爱之花因心地狭隘而枯萎，因相互理解而绽放。理解万岁，大爱无疆。

渔父

简媜，台湾现代文学女作家，以散文创作见长，多次荣获国家、台湾地区等文学奖。简媜散文多写爱情、童年和故乡，文笔摇曳恣纵，洗尽铅华而独具一格，虽为女性而其文却有着男性作家所不及的大气。《渔父》一文，围绕"恋父情结"讲述了女儿对早逝父亲复杂而深沉的感情，情感浓烈，文字诡谲，读之印象深刻。

父亲，你想过我吗？

"虽然只做了十三年的父女就恩断缘尽，他难道从来不想？"我常自问。然而"想念"是两个人之间相互的安慰与体贴，可以从对方的眉睫、音声、词意去看出听出感觉出，总是面对面的一桩人情。若是一阴一阳，且远隔了十一年，在空气中，听不到父亲唤女儿的声音；在路途上，碰不到父亲返家的身影，最主要的，一个看不到父亲在衰老，一个看不到女儿在成长，之间没有对话了，怎么去"想"法？若各自有所思，也仅是隔岸历数人事而已。父亲若看到女儿在人间路上星夜独行，他也只能看，近不了身；女儿若在暴风雨的时候想到父亲独卧于墓地，无树无檐遮身，怎不疼？但疼也只能疼，连撑伞这样的小事，也无福去做了，还是不要想，生者不能安静，死者不能安息。

好吧！父亲，我不问你死后想不想我，我只问生我之前，你想过我吗？好像，你对母亲说过："生个团仔来看看吧！"况且，你们是新婚，你必十分想念我——哦！不，应该说你必十分想看看用你的骨肉你的筋血塑成的小生命长得是否像你？大概你觉得"做父亲"这件事很令人异想天开吧？所以，当你下工的时候，很星夜了，屋顶上竹丛夜风安慰着虫唧，后院里井水的流咽冲淡蛙鼓，鸡埘已寂，鸭也闭目着，你紧紧地掩住房里的木门，窗棂半闭，为了不让天地好奇，把五烛灯灯泡的红丝线一拉，田地都躺下，在母亲的阴界和你的阳世之际酝酿着我，啊！你那时必定想我，是故一往无悔。

当母亲怀我，在井边搓洗衣裳，洗到你的长裤时，有时可以从口袋里掏出一包酸梅或腌李，这是你们之间不欲人知的体贴，还不是为了我！父亲，你是一个大刺刺的庄稼男人，突然也会心细起来，我可以想象你是何等期待我！因为你是单传，你梦中的我必定是个壮硕如牛的男丁。

可是，父亲，我们第一次谋面了，我是个女儿。

日日哭

　　母亲的月子还没有坐完，你们还没有为我命名，我便开始"日日哭"——每天黄昏的时候，村舍的炊烟开始冒起，好像约定一般，我便凄声地哭起来，哭得肝肠寸断似的，让母亲慌了手脚，让阿嬷心疼，从床前抱到厅堂，从厅堂摇到院落，哭声一波一波传给左邻右舍听。啊！父亲，如果说婴儿看得懂苍天珍藏着的那一本万民宿命的家谱，我必定是在悔恨的心情下向你们哭诉，请你们原谅我、释放我、还原我回身为那夜星空下的一缕游魂吧！而父亲，只有你能了解我们第一次谋面后所遗留的尴尬：我愈哭，你愈焦躁，你虽裸抱我，亲身挽留我，我仍旧抽搐地哭泣。终于，你恼怒了，用两只指头夹紧我的鼻子，不让我呼吸，母亲发疯般掰开你的手，你毕竟也手软心软了。父亲，如果说婴儿具有宿慧，我必定是十分喜欢夭折的，为的是不愿与你成就父女的名分，而你终究没有成全我，到底是什么样的灵犀让你留我，恐怕你也遗忘了。

　　而从那一次——我们第一次的争执之后，我的确不再哭了，竟然乖乖地听命长大。父亲，我在聆听自己骨骼里宿命的声音。

前寻

我畏惧你却又希望接近你。那时，我已经可以自由地跑于田埂之上、土堤之下、春河之中。我非常喜欢嗅春草拈断后，茎脉散出来的浊香，那种气味让我觉得是在与大地温存。我又特别喜爱寻找野地里小小的蛇莓，翻阅田埂上每一片草叶的腋下，找艳红色的小果子，将它捏碎，让酒红色的汁液滴在指甲上，慢慢浸成一圈淡淡的红线。我像个爬行的婴儿在大地母亲的身上戏耍，我偶尔趴下来听风过后稻叶窸窸窣窣的细语，当它是大地之母的鼾声。这样从午后玩到黄昏，渐渐忘记我是人间父母的孩子。

而黄昏将尽，竹舍内开始传出唤我的女声——阿嬷的、阿姆的、隔壁家阿婆的，一声高过一声，我蹲在竹丛下听得十分有趣，透过竹竿缝看她们焦虑地裸足在奔走，不打算理，不是恶意，只是有一点不能确信她们所呼唤的名字是指我？若是，又不可思议为什么她们可以自订姓名给我，一唤我，我便得出现？我唤蛇莓多次，蛇莓怎么不应声而来呢？这时候，小路上响起这村舍里唯一的机车声，我知道父亲你从市场卖完鱼回来了，开始有点怕，抄小路从后院回家，赶紧换下脏衣服，塞到墙角去，站在门槛边听屋外的对话。

"老大呢？"你问，你知道每天我一听到车声，总会站在晒谷场上等你。

阿嬷正在收干衣服，长竹竿往空中一矗，衣衫纷纷扑落在她的手臂弯里，"迌迌不知晓回来，叫半天，也没看到囝仔影。"我从窗棂看出去，还有一件衣服张臂粘在竹竿的末端，阿嬷仰头称手抖着竹竿，衣服不下来。是该出去现身了。

"阿爸。"扶着木门，我怯怯地叫你。

阿嬷的眼睛远射过来，问："藏去哪里？"

"我在眠床上困。"说给父亲你听。你也没正眼看我，只顾着解下机车后座的大竹篓，一色一色地把鱼啊香蕉啊包心菜啊雨衣雨裤啊提出来，竹篓的边缝有一些鱼鳞在暮色中闪亮着，好像鱼的魂醒来了。地上的鱼安静地裹在山芋叶里，海洋的色泽未退尽，气味新鲜。

"老大，提去井边洗。"你踩熄一支烟，喷出最后一口，烟袅袅而升，如柱，我便认为你的烟柱擎着天空。

我知道你原谅我的谎言了，提着一座海洋和一山果园去井边洗，心情如鱼跃。

我习惯你叫我"老大"，但是不知道为何这样称呼我？也许，我是你的第一个孩子；也许，你稍稍在自我补偿心中对男丁的愿望；也许，你想征服一个对手却又预感在未来终将甘拜下风。你虽为我命名，我却无法从名字中体会你的原始心意，只有在酒醉的夜，你醉卧沙发上，用沙哑而挑战的声音叫我："老——大，帮——我脱鞋——"非常江湖的口气。我迟疑着，不敢靠近你那酒臭的身躯，你愤怒："听到没？"我也在心底燃着怒火，勉强靠近你，抬脚，脱下鞋，剥下袜子，再换脚。你的脚趾头在日光灯下软白软白的，有些冲臭，把你的双脚扶搭在椅臂上，提着鞋袜放在门廊上去，便冲出门溜去稻田小路上坐着。我很愤怒，朝黑黑的虚空丢石头，石头落在水塘上："得拢！"月亮都破了。只有这一刻，我才体会出你对我的原始情感：畏惧的、征服性的，以及命定的悲感。

然而，我们又互相在等待、发现、寻找对方的身影。

夏天的河水像初生育后的母乳，非常丰沛。河的声音喧哗，河岸的野姜花大把大把地香开来，影响了野蕨的繁殖欲望，蕨的嫩婴很茂盛，一茎一茎绿贼贼地，采不完的。不上学的午后，我偷偷地用铁钉在铝盆沿打一个小孔，系上塑胶绳，另一头绑在自己的腰上，拿着谷筛，溜去河里摸蛤蜊。"扑通！"下水，水的压力很舒服，我不禁"啊啊啊"的呼气。河砂在脚趾缝搔痒、流动,用脚趾一掘,就踩到蛤蜊,摸起来丢在铝盆,"咚!咚!咚!"蛤蜊们在盆里水中伸舌头吐砂,十分顽皮,我一粒一粒地按它们的头,叫它们安静些。有时,筛到玻璃珠、螺丝钉、纽扣,视为珍宝,尤其纽扣。我可以辨认是哪一家婶子洗脱的扣子,当然不还她,拿来缝布娃娃的眼睛。啊!

我没有家,没有亲人,没有同伴,但拥有一条奔河,及所有的蛤蜊、野蕨、流砂。这时候,远方竹林处传来你的摩托车声,绝对是你的,那韵律我已熟悉。我想,我必须躲起来,不能让你发现我在玩水。但这一段河一览无遗,姜叶也不够密,我只得游到路洞中去藏,等待你的车轮碾过。我有种紧张的兴奋,想吓你,当你的车甫过时,大声喊你:"阿——爸啊!"然后躲起来,让你只闻其声不见其人,偷看你害怕的样子:你也许会沿着河搜索,以为我溺死了,刚刚是回魂来叫你,你也许会哭,啊!我想看你为我哭的样子……来了,车声很近了,准备叫,"轰轰轰……"车轮碾过洞的路表,河波震得我麻麻的,我猛然从水中窜出,要叫,刹那间心生怀疑,车行已远……那两个字含在嘴里像含着两粒大鱼丸,喘不过气,我长长地叹一口气,把那两字吐到河水流走。叫你"阿爸"好像很不妥帖，不能直指人心，我又该称呼你什么才是天经地义的呢？一身子的水在牵牵挂挂，滴到水里像水的婴啼，我带着水潜回河中，不想回家帮你提鱼提肉，连对"父亲"的感觉也模糊了。夏河如母者的乳泉，我在载浮载沉。

然而，为何是你先播种我，而非我来哺育你？或者，为何不能是互不相识的两个行人，忽然一日错肩过，觉得面熟而已？我总觉得你藏着一匹无法裁衣的情感织锦，让我找得好苦！

迟归的夜，你的车声是天籁中唯一的单音。我一向与阿嬷同床，知道她不等到你归来则不能睡，有时听到她在半睡之中自叹自艾的鼻息，也开始心寒，怕你出事。你的车声响在无数的蛙鸣虫唧之中，我才松了心，与世无争。你推开未闩的木门进入大厅，跨过门槛转到阿嬷的房里请安，你们的话中话我都听进耳里，你以告解的态度说男人嗜酒有时是人在江湖不得不，有时是为了心情郁促。阿嬷不免责备你，家里酿的酒也香，你要喝几坛就喝。也免得妻小白白担了一段心肠。这时，阿姆烧好了洗澡水，也热了饭汤，并请你亲自去操刀做生鱼片。一切就绪，你来请阿嬷起身去喝一点姜丝鱼汤。掀起蚊帐，你问："老大呢？"

"早就困去罗。"

你探进来半个身子，拨我的肩头叫："老大的——老大的——，起来吃としみ（刺身）！"

我假装熟睡，一动也不动（心想："再叫呀！"）。

"老大的——"

"困去了，叫伊做啥？"

"伊爱吃としみ。"

做父亲的摇着熟睡中女儿的肩头，手劲既有力又温和，仿佛带着一丁点怕犯错的小心。我想我就顺遂你的意思醒过来吧！于是，我当着那些蛙们、虫群、竹丛、星子、月牙……的面，在心里很仁慈地对着父亲你说："起来吧！"

"做啥？阿爸。"我装着一脸惺忪问你。

"吃としみ。"说完，你很威严地走出房门，好像仁至义尽一般。

但是，父亲，你寻觅过我，实不相瞒。

手温

那是我今生所握过，最冰冷的手。

"青青校树，萋萋芳草"的骊歌唱过之后，也就是长辫子与吊带裙该换掉的时候。

那一日，正是夏秋之间田里割稻的日子，每个人都一头斗笠，一手镰刀下田去了。田土干裂如龟壳，踩在脚底自然升起一股土亲的感情。稻穗低垂，每一颗谷粒都坚实饱满，闪白闪白的稻芒如弓弦上的箭，随时要射入村妇的薄衫内，好搔得一坨红痒。空气里，尽是成熟的香，太阳在裸奔。

　　父亲，你刈稻的身躯起伏着，如一头奔跑中的豹。你的镰刀声擦过你的耳际，你的阔步踩响了我左侧的裂土，你全速前进，企图超越我，然后会在平行的时候停下来，说："换！"然后我就必须成为你左侧的败将，目送你豹一般向前刈去，一路势如破竹。但是，父亲，我决心赢你。我把一望无际的稻浪想象成战地草原，要与你一决雌雄。我使尽全力速进，刈声脆响，挺立的稻杆应声而倒，不留遗言。我听见你追赶的镰声，逼在我的足踝旁、眉睫间、汗路中、心鼓上，我喘息着，焦渴着，使刀的劲有点软了，我听见你以一刈双棵的掌势逼来，刈声如狼的长嗥，速度加快，我不由得愤怒起来，撑开指掌，也以同样的方式险进，以拼命的心情。父亲，去胜过自己的生父似乎是一件很重要的事，你能了解吗？

　　当我抵达田梗边界，挺腰，一背的湿衫，汗水淋漓。我握紧镰刀走去，父亲，我终于胜过你，但是不敢回头看你。

日落了，一畦田的谷子都已打落，马达声停止，阿嬷站在竹林丛边喊每个人回家吃晚饭。田里只剩下父亲你和我，你正忙着出谷，我随手束起几株稻草，铺好，坐下歇脚，抠抠掌肉上的茧，当我摘下斗笠扇风时，你似乎很惊讶，停下来："老大，你什么时候去剪掉长头发？"

　　"真久啰。"我摸摸那汗湿透的短发，有点不好意思，仿佛被你窥视了什么。

　　"做啥剪掉？"

　　"读中学啊！你不知道？"

　　"哦。"

　　你沉默地出好谷子，挑起一箩筐的谷子走上田埂回家，不招呼，沉重的背影隐入竹林里。

　　我躺下，藏在青秆稻草里的蛤蟆纷纷跳出来，远处的田有人在烧干稻草，一群虎狼似的野火奔窜着，奔窜着，把天空都染红了半边。我这边的天，月亮出来了，然而是白夜。

　　父亲，我了解你的感受，昔日你襁抱中那个好哭的红婴，今日已摇身一变。这怎能怪我呢？我们之间总要有一个衰老，一个成长的啊！

　　但是，一变必有一劫。田里的对话之后，我们便很少再

136

见面了。据说你在南方澳，渔船回来了，渔获量就是你的心事；据说你在新竹，我在菜园里摘四季豆的时候，问："阿嬷，阿爸去哪？"

"新竹的款！"

"做什么？"

"小卷，讲是卖小卷。"

"你有记不对没？你上次讲在基隆。"

"不是基隆就是新竹，你阿爸的事我哪会知？"

基隆的雨季大概比宜兰长吧！雨港的檐下，大概充斥着海鱼的血腥、批驳鱼商的铜板味，及出海人那一身洗也洗不掉的盐馊臭。交易之后，穿着雨衣雨鞋的鱼贩们，抱起一筐筐的鲜鱼走回他们自己的市场，开始在尖刀、鱼俎、冰块、山芋叶、湿咸草，以及秤锤之间争论每一寸鱼的肉价，父亲，你是他们中的一员，你激动的时候就猛往地上吐槟榔汁，并操伊老母……雨天，我就这样想象。想到心情坏透了，就戴上斗笠，也不披蓑衣，从后院鸡舍的地方爬上屋顶，小心不踩破红瓦片，坐在最高的屋墩上，极目眺望，望穿汪洋一般的水田、望尽灰青色的山影，雨中的白鹭鸶低飞，飞成上下两排错乱的消息，我非常失望，嗳嚅着："阿爸！""阿爸！"天地都不敢回答。

再见到你，是一个寤寐的夜，我都已经睡着了，正在梦中。突然，一记巨响——重物跌落的声音，改编了梦中的情节，我惊醒过来，灯泡的光刺着我的睡眼，我还是看到你了，父亲。你全身爬进床上衣柜的底部，双拳捶打着木板床，两脚用力地蹬着木板墙壁，壁的那一面是摆设神龛的位置，供桌、烛台、香炉及牌位都摇摇作响，阿嬷束手无策，不知该救神还是救人？你又挣扎着要出来，庞大的身躯卡在柜底，你大声地呼啸着、咆哮着、痛骂一些人名……我快速地爬下床，我知道紧接着你会大吐，把酒腥、肉馊、菜酸臭，连同你的坛底心事一起吐在木板床上，流入草席里。

　　父亲，我夺门而去，夜雾吮吸着我的光臂及裸足，我习惯在夜中行走，月在水田里追随我，我抓起一把沙石，一一扔入水田，把月砸破，不想让任何存在窥见我心底的悲伤。整个村子都入睡了，沉浸在他们箪食瓢饮的梦中。只有田里水的闹声，冲破土堤，夜奔到另一畦田，只有草丛间不倦的萤火虫，忙于巡逻打更。父亲，夜色是这么静谧，我的心却似崩溃的田土，泪如流萤。第一次，我在心底下定决心："要这样的阿爸做什么？要这样的阿爸做什么？"

　　父亲，我竟动念绝弃你。

七月是鬼月，村子里的人开始小心起来，言谈间、步履间，都端庄持重，生怕失言惹恼了田野中的孤魂，更怕行止之际骚扰到野鬼们的安静——在七月，他们是自由的、不缚不绑不必桎梏，人要礼让他们三分。小孩子都被叮咛着：江底水边不可去哦，有水鬼会拖人的脚，天若是黑，竹林脚千万不要去哦，小鬼们在抽竹心吃，听见没有？

第二天早晨去竹丛下看，果然落了一地的竹箨，以及吸断的竹心渣。鬼来了，鬼来了。

七月十四，早晨，我在河边洗衣，清早的水色里白云翠叶未溶，水的曲线妙曼地独舞着，光在嬉闹，如耀眼的宝珠浮于水面，我在洗衣石上搓揉你的长裤，阿爸，一扭，就是一摊的鱼腥水滴入河里，鱼的鳞片一遇水便软化，纷纷飘零于水的线条里。

阿爸，你的车声响起，近了，与我擦肩而过，我蹲踞着，也不回头看你了，反正，你是不会停下来与我说话的。我把长裤用力一抛，"趴"入河，用指头钩住皮带环，两只裤管直直地在水里漂浮，水势是一往无悔的，阿爸，我有一两秒的时间迟疑着，若我轻轻一放指，长裤就流走了。但我害怕，感觉到一种逝水如斯的颤栗，仿佛生与死就在弹指之间。我快速地把长裤收回来，扭干每一滴水，把它紧紧地塞进水桶里。好险！捡回来了，阿爸！

但是阿爸，你的确是一去不返了。

那日，夜深极了，阿爸你还未回来，厅堂壁上的老钟响了十一下，我尚未合眼。

远处传来一声声狗的长嗥，阴森森的月暝夜，我想象总有一些声音来通风报信吧！当我浑浑噩噩地从寤寐之中醒来时，有人用拳头在敲木门："咚"、"咚"、"咚"……一个警察，数个远村带路的男人，说是撞车了，你横躺在路边，命在旦夕，阿爸。

阿嬷与阿姆随后去，我踅至沙发上呆住，老钟"嘀嗒"，"嘀嗒"，夜是绝望的黑，虫声仍旧唧唧，如苍天与地母的鼻鼾。我环膝而坐，头重如石磨，所有的想象都是无意义的暴动。人生到此，只有痴痴呆呆地等待、等待，老钟"嘀嗒、嘀嗒、嘀嗒、嘀嗒"……时间的咒语。

隐隐约约有哭声，从远远的路头传来，女人们的。你被抬进家门，半个血肉模糊的人，还没有死，用鼻息呻吟着、呻吟着。我们从未如此尴尬地面对面，以至于我不敢相认，只有你身上穿着的白衬衫我认得，那是我昨天才洗过晾过叠过的。阿姆为你褪下破了的血衫，为你拭血，那血汩汩地流。所有的人都面容忧戚，但我已听不见任何哭声，耳壳内只回荡着老钟的摆声及你忽长忽短的呻吟——天就要亮了，像不像一个不愿回家的稚童摇着他的拨浪鼓在哭？我端着一脸盆的污血水到后院井边去，才呼吸到将破的夜的香，但是这香也醒不了谁了。上方的井水一线如泻，注乱下方池里的碎月，我端起脸盆，一泼，血水醮着这将芜的家园。"天啊！"我说，脸盆坠落，咕咚咚几滚，覆地，是上天赐下来的一个笅杯吗？我跪在石板上搓洗染血的毛巾，血腥一波一波刺着我的鼻，这浓浊、强烈、新鲜的男人的血，自己阿爸的。搓着搓着，手软了，坐在湿漉漉的青石上，面对着井壁痛哭，壁上的青苔、土屑、蜗牛唾糊了一脸，若有一命抵一命的交易，我此刻便换去，阿爸。

天快亮的时候，他们再度将你送去镇上就医，所有的人走后，你呻吟一夜的屋子空了，也虚了，只剩下地上的斑斑碧血。那日是七月十五日，普度。

我在井边淘洗着米，把你的口粮也算进去的。昨夜的血水沉淀在池底，水色绛黑，我把脏的水都放掉，池壁也刷洗过，好像刷掉一场噩梦，好像什么事也没发生过，把上井的清水释放出来，我要淘米，待会儿家人都要吃我煮的饭，做田的人活着就应该继续活着，阿爸。

河那边的小路上，一个老人的身影转过来，步子迟缓而佝偻，那是七十岁的大伯公，昨晚，他一起跟去医院的。我放下米锅，越过竹篱笆穿过鸭塘边的破渔网奔于险狭的田埂上，田草如刀，鞭得我颠仆流离，水田漠漠无垠，也不来扶，跳上小路的那一刻，我很粗暴地问："阿爸怎么样了？"

"啊……啊……啊"他有严重的口吃，说不出话。

"怎么样？"

"啊……啊……啊，伊……伊……"

就在我愤怒地想扑向他时，他终于说道："死了……死了啊……"

他蹒跚地走去，摇摇头，一路嗫嚅着："没……没救了……"我低头，只看见水田中的天，田草高长茂密，在晨风中摇曳，摇不乱水中天的晴朗明晰，我却在野地里哀痛，天！

那是唯一的一次，我主动地从伏跪的祭仪中站起来，走近你，俯身贪恋你，拉起你垂下的左掌，将它含在我温热的两掌之中摩挲着，抚摸着你掌肉上的厚茧、跟你互勾指头，这是我们父女之间最亲热的一次，不许对外人说（那晚你醉酒，我说不要你了，并不是真的），拍拍你的手背，放好放直，又回去伏跪，当我两掌贴地的时候，惊觉到地腹的热。

后寻

死，就像一次远游，父亲，我在找你。

从学校晚读回来时，往往是星月交辉了。骑车在碎石子路上，经过你偶去闲坐的那户竹围，不免停车，将车子依在竹林下，弯进去，灯火守护着厅厅房房，正是人家晚膳的时刻。晒谷场上的狗向我吠着，我在他们的门外伫立，来做什么呢？其实自己也不清楚，就只是一种心愿罢了，来看看父亲你是否在他们家闲坐而已。那家妇人开了门，原本要延请我入室，似乎她也记得我正在服丧，头发上别住的粗麻重孝，令她迟疑而不安，她双手合起矮木门，只现出半身问我："啥么事？"我尴尬而不敢有愠，说："真久没看到你，我阿爸过身，多谢你帮忙。"我转身要走了，她叫住我，说："是没弃嫌才跟你讲，去别人家，戴的孝要取下来，坏吉利。"父亲，东逝水了，东逝水了，我是岸土上奔跑追索的盲目女儿，众生人间是不会收留你的了。

天伦既不可求，就用人伦弥补，逆水行舟何妨。父亲，你死去已逾八年。

"你真像我的阿爸！"我对那人说。有时，故意偏着头眯着眼觑他。

"看什么？"他问。

"如果你是我爸爸，你也认不得我了。"

"你死的时候三十九岁，我十三岁，现在我二十一岁了，你还是三十九岁。"

"反正碰不到面。"

痴傻的人才会在情愫里掺太多血脉连心的渴望，父亲，逆水行舟终会覆船，人去后，我还在水中自溺，迟迟不肯上岸，岸上的烟火炎凉是不会裸抱我的了，我注定自己终需浴火劫而残喘、罹情障而不愈、独行于荆棘之路而印血，父亲，谁叫我对着天地洒泪，自断与你的三千丈脐带？我执迷不悟地走上偏峰断崖，无非是求一次粉身碎骨的救赎。

捡骨

第十一年，按着家乡的旧俗，是该为你捡遗骨了。

"寅时，自东方起手，吉"，看好时辰，我先用鲜花水果祭拜，分别唤醒东方的"皇天"，西方的"后土"，及沉睡着的你，阿爸。

墓地的初晨，看惯了生生死死的行伍，也就由着相思林兀自款摇，落相思的雨点；由着风低低地吼，翻阅那地上的冥纸、草履、布幡。雀在云天，巡逻或者监视。这些永恒梦国的侍卫们，时时清查着，谁是新居者，谁是寂寞身后的人。马缨丹是广阔的梦土上，最热情的安慰，每一朵花都是胭脂带笑的。野蔓藤就是情牵了，挽着"故闺女徐玉兰之墓"及"龙溪显祖考姚苏公妈一派之佳城"这二老一少，不辞风雨日暮。

紫牵牛似托钵的僧，一路掌着琉璃紫碗化缘，一路诵"大悲咒"，冀望把梦化成来世的福田。

"武罕显考圭漳简公之墓"，你的四周长着带刺的含羞草，一朵朵粉红花是你十一年来字不成句的遗言，阿爸。三炷清香的虚烟袅袅而升，翳入你灵魂的鼻息之中，多像小时候，我推开房门，摇摇你的脚丫，说："喂，起来啰，阿爸！"你果真从睡中起身，看我一眼。

"时辰到了。"挖墓的工人说。

按礼俗，掘墓必须由子嗣破土。我接过丁字镐，走到东土处，使力一掘，禁锢了十一年的天日又要出现了，父亲，我不免痴想起死回生，希望只是一场长梦而已。

三个工人合力扒开沙石，棺的富贵花色已隐隐若现。我的心阵痛着，不知道十余年的风暴雨虐，蝼蚁啃嚼，你的身躯骨肉可安然化去，不痛不痒？所谓捡骨，其实是重叙生者与死者之间那一桩肝肠寸断的心事，在阳光之下重逢，彼此安慰、低诉、梦回、见最后一面、共享一顿牲礼酒食，如在。我害怕看，怕你无面无目地来赴会，你死的时候伤痕累累。

　　拔起棺钉，上棺嘎然翻开，我睁开眼，借着清晨的天光，俯身看你：一个西装笔挺、玄帽端正、革履完好、身姿壮硕的三十九岁男子寂静地躺着，如睡。我们又见面了，父亲。

　　啊！天，他原谅我了，他原谅我了，他知道我那夜对苍天的哭诉，是孺子深深爱恋人父的无心。

　　父亲，喜悦令我感到心痛，我真想流泪，宽恕多年来对自己的自戕与恣虐，因为你用更温柔敦厚的身势褓抱了我，视我如稚子，如果说，你不愿腐朽是为了等待这一天来与人世真正告别、为至亲解去十一年前那场噩梦所留下的绳索，那么，有谁比我更应该迎上前来，与你心心相印、与你舐犊共宴？父亲，我伏跪着，你躺着，这一生一死的重逢，虽不能执手，却也相看泪眼了，在咸泪流过处，竟有点顽石初悟的天坼地裂之感，我们都应该知足了。此后，你自应看穿人身原是骷髅，剔肉还天剔骨还地，恢复自己成为一介逍遥赤子。我也应该举足，从天伦的窗格破出，落地去为人世的母者，将未燃的柴薪都化成炊烟，去供养如许苍生。啊！我们做了十三年的父女，至今已缘尽情灭，却又在断灭处，拈花一笑，父亲，我深深地赏看你，心却疼惜起来，你躺卧的这模样，如稚子的酣眠、如人夫的腼腆、如人父的庄严。或许女子赏看至亲的男子都含有这三种情愫罢！父亲，涛涛不尽的尘世且不管了，我们的三世已过。

"合上吧！不能捡。"工人们说。

我按着葬礼，牵裳跪着，工人铲起沙石置于我的裙内，当他们合上棺，我用力一拨，沙石坠于棺木上，算是我第二次亲手葬你，父亲。远游去吧！你二十四岁的女儿送行送到此。

所有的人都走后，墓地又安静起来，突然，想陪你抽一支烟，就插在燃过的香炷上。烟升如春蚕吐丝，虽散却不断，像极人世的念念相续。墓碑上刻着你的姓名。我用指头慢慢描了一遍，沙屑粘在指肉上，你的五官七窍我都认领清楚，如果还能乘愿再来，当要身体发肤相受。

不知该如何称呼你了？父亲，你是我遗世而独立的恋人。

后记

死真的只是天地间的一次远游吗？紧闭的眼，冰凉的手，耷拉成"八"字的眉头。那是怎样孤单而荒凉的远游？漆黑的夜，无尽的路，一个人飘飘荡荡地走。

就这样告别了吧，连行囊也来不及整理，至亲的人，也吝啬得不打一声招呼。就这样远去了吧，连回程的时间也不肯讲，此行的方向，也拒绝透露。无论如何，请你满饮我在月光下为你斟的这杯新醅的酒。此去是春、是夏、是秋、是冬，是风、是雪、是雨、是雾，是东、是南、是西、是北，是昼、是夜、是晨、是暮，全仗它为你暖身、驱寒、认路、分担人世间久积的辛酸。

你只需在路上踩出一些印迹，好让我来寻你时，不会走岔。

"你只需在路上踩出一些印迹，好让我来寻你时，不会走岔。"生死一道河，隔过了女儿对父亲复杂而浓烈的情感焰火。父亲如山，肩挑生活和家庭的重担；父亲如牛，身后拉着千万条现实和情感的绳索。做女儿的，幼时任性天真，来不及知晓你的深情厚谊，来世做遗世独立的恋人，等着我罢。

我的母亲

老舍,原名舒庆春,中国现代文学大家。代表作有长篇小说《骆驼祥子》《四世同堂》,话剧《茶馆》《龙须沟》等,作品多取材于市民生活,雅俗共赏。本文是老舍回忆母亲的一篇散文,充满对母亲深深的感激和爱。

母亲的娘家是北平德胜门外,土城儿外边,通大钟寺的大路上的一个小村里。村里一共有四五家人家,都姓马。大家都种点不十分肥美的地,但是与我同辈的兄弟们,也有当兵的,做木匠的,做泥水匠的和当巡警的。他们虽然是农家,却养不起牛马,人手不够的时候,妇女便也须下地做活。

对于姥姥家,我只知道上述的一点。外公外婆是什么样子,我就不知道了,因为他们早已去世。至于更远的族系与家史,就更不晓得了;穷人只能顾眼前的衣食,没有工夫谈论什么过去的光荣;"家谱"这字眼,我在幼年就根本没有听说过。

母亲生在农家,所以勤俭诚实,身体也好。这一点事实却极重要，因为假若我没有这样的一位母亲，我以为我恐怕也就要大大地打个折扣了。

母亲出嫁大概是很早，因为我的大姐现在已是六十多岁的老太婆，而我的大外甥女还长我一岁啊。我有三个哥哥，四个姐姐，但能长大成人的，只有大姐、二姐、三哥与我。我是"老"儿子。生我的时候，母亲已有四十一岁，大姐二姐都已出了阁。

由大姐与二姐所嫁人的家庭来推断，在我生下之前，我的家里，大概还马马虎虎过得去。那时候订婚讲究门当户对，而大姐夫是做小官的，二姐夫也开过一间酒馆，他们都是相当体面的人。

可是，我，我给家庭带来了不幸：我生下来，母亲晕过去半夜，才睁眼看见她的老儿子——感谢大姐，把我揣在怀里，未致冻死。

一岁半，我的父亲被"刨"死了。

兄不到十岁，三姐十二三岁，我才一岁半，全仗母亲独立抚养了。父亲的寡姐跟我们一块儿住，她吸鸦片，她喜摸纸牌，她的脾气极坏。为我们的衣食，母亲要给人家洗衣服，缝补或裁缝衣裳。在我的记忆中，她的手终年是嫩红微肿的。白天，她洗衣服，洗一两大绿瓦盆。她做事永远丝毫也不敷衍，就是屠户们送来的黑如铁的布袜，她也给洗得雪白。晚间，她与三姐抱着一盏油灯，还要缝补衣服，一直到半夜。她终年没有休息，可是在忙碌中她还把院子屋中收拾得清清爽爽。桌椅都是旧的，柜门铜活久以残缺不全，可是她的手老使破桌面上没有尘土，残破的铜活发着光。院中，父亲遗留下的几盆石榴与夹竹桃，永远会得到应有的浇灌与爱护，年年夏天开许多花。

哥哥似乎没有同我玩耍过。有时候，他去读书；有时候，他去学徒；有时候，他也去卖花生或樱桃之类的小东西。母亲含着泪把他送走，不到两天，又含着泪接他回来。我不明白这都是什么事，而只觉得与他很生疏。与母亲相依如命的是我与三姐。因此，他们做事，我老在后面跟着。他们浇花，我也张罗着取水；他们扫地，我就撮土……从这里，我学得了爱花，爱清洁，守秩序。这些习惯至今还被我保存着。

有客人来，无论手中怎么窘，母亲也要设法弄一点东西去款待。舅父与表哥们往往是自己掏钱买酒肉食，这使她脸上羞得飞红，可是殷勤地给他们温酒做面，又给她一些喜悦。遇上亲友家中有喜丧事，母亲必把大褂洗得干干净净，亲自去贺吊——份礼也许只是两吊小钱。到如今为我的好客的习性，还未全改，尽管生活是这么清苦，因为自幼儿看惯了的事情是不易于改掉的。

姑母常闹脾气，她单在鸡蛋里找骨头，她是我家中的阎王。直到我入了中学，她才死去，我可是没有看见母亲反抗过。"没受过婆婆的气，还不受大姑子的吗？命当如此！"母亲在非解释一下不足以平服别人的时候，才这样说。是的，命当如此。母亲活到老，穷到老，辛苦到老，全是命当如此。她最会吃亏。给亲友邻居帮忙，她总跑在前面：她会给婴儿洗三——穷朋友们可以因此少花一笔"请姥姥"钱——她会刮痧，她会给孩子们剃头，她会给少妇们绞脸……凡是她能做的，都有求必应。但是吵嘴打架，永远没有她。她宁吃亏，不斗气。当姑母死去的时候，母亲似乎把一世的委屈都哭了出来，一直哭到坟地。不知道哪里来的一位侄子，声称有继承权，母亲便一声不响，教他搬走那些破桌子烂板凳，而且把姑母养的一只肥母鸡也送给他。

可是，母亲并不软弱。母亲死在庚子闹"拳"的那一年。联军入城，挨家搜索财物鸡鸭，我们被搜过两次。母亲拉着哥哥与三姐坐在墙根，等着"鬼子"进门，街门是开着的。"鬼子"进门，一刺刀先把老黄狗刺死，而后入室搜索。他们走后，母亲把破衣箱搬起，才发现了我。假若箱子不空，我早就被压死了。皇上跑了，丈夫死了，鬼子来了，满城是血光火焰，可是母亲不怕，她要在刺刀下，饥荒中，保护着儿女。北平有多少变乱啊，有时候兵变了，街市整条地烧起，火团落在我们的院中。有时候内战了，城门紧闭，铺店关门，昼夜响着枪炮。这惊恐，这紧张，再加上一家饮食的筹划，儿女安全的顾虑，岂是一个软弱的老寡妇所能受得起的？可是，在这种时候，母亲的心横起来，她不慌不哭，要从无办法中想出办法来。她的泪会往心中落！这点软而硬的个性，也传给了我。我对一切人与事，都取和平的态度，把吃亏看作当然的。但是，在做人上，我有一定的宗旨与基本的法则，什么事都可以将就，而不能超过自己画好的界线。我怕见生人，怕办杂事，怕出头露面；但是到了非我去不可的时候，我便不敢不去，正像我的母亲。从私塾到小学，到中学，我经历过起码有二十位教师吧，其中有给我很大影响的，也有毫无影响的，但是我的真正的教师，把性格传给我的，是我的母亲。母亲并不识字，她给我的是生命的教育。

当我在小学毕了业的时候，亲友一致愿意我去学手艺，好帮助母亲。我晓得我应当去找饭吃，以减轻母亲的勤劳困苦。可是，我也愿意升学。我偷偷地考入了师范学校——制服，饭食，书籍，宿处，都由学校供给。只有这样，我才敢对母亲说升学的话。入学，要交十圆的保证金。这是一笔巨款！母亲作了半个月的难，把这巨款筹到，而后含泪把我送出门去。她不辞劳苦，只要儿子有出息。当我由师范毕业，而被派为小学校校长，母亲与我都一夜不曾合眼。我只说了句："以后，您可以歇一歇了！"她的回答只有一串串的眼泪。我入学之后，三姐结了婚。母亲对儿女是都一样疼爱的，但是假若她也有点偏爱的话，她应当偏爱三姐，因为自父亲死后，家中一切的事情都是母亲和三姐共同撑持的。三姐是母亲的右手。但是母亲知道这右手必须割去，她不能为自己的便利而耽误了女儿的青春。当花轿来到我们的破门外的时候，母亲的手就和冰一样的凉，脸上没有血色——那是阴历四月，天气很暖。大家都怕她晕过去。可是，她挣扎着，咬着嘴唇，手扶着门框，看花轿徐徐地走去。不久，姑母死了。三姐已出嫁，哥哥不在家，我又住学校，家中只剩母亲自己。她还须自晓至晚地操作，可是终日没人和她说一句话。新年到了，正赶上政府倡用阳历，不许过旧年。除夕，我请了两小时的假。由拥挤不堪的街市回到清炉冷灶的家中。母亲笑了。及至听说我还须回校，她愣住了。半天，她才叹出一口气来。到我该走的时候，她递给我一些花生，"去吧，小子！"街上是那么热闹，我却什么也没看见，泪遮迷了我的眼。今天，泪又遮住了我的眼，又想起当日孤独地过那凄惨的除夕的慈母。可是慈母不会再候盼着我了，她已入了土！

儿女的生命是不依顺着父母所设下的轨道一掷千金的，所以老人总免不了伤心。我二十三岁，母亲要我结了婚，我不要。我请来三姐给我说情，老母含泪点了头。我爱母亲，但是我给了她最大的打击。时代使我成为逆子。二十七岁，我上了英国。为了自己，我给六十多岁的老母以第二次打击。在她七十大寿的那一天，我还远在异域。那天，据姐姐们后来告诉我，老太太只喝了两口酒，很早地便睡下。她想念她的幼子，而不便说出来。

七七抗战后，我由济南逃出来。北平又像庚子那年似的被鬼子占据了。可是母亲日夜惦念的幼子却跑西南来。母亲怎样想念我，我可以想象得到，可是我不能回去。每逢接到家信，我总不敢马上拆看，我怕，怕，怕，怕有那不祥的消息。人，即使活到八九十岁，有母亲便可以多少还有点孩子气。失了慈母便像花插在瓶子里，虽然还有色有香，却失去了根。有母亲的人，心里是安定的。我怕，怕，怕家信中带来不好的消息，告诉我已是失了根的花草。

去年一年，我在家信中找不到关于母亲的起居情况。我疑虑，害怕。我想象得到，若不是不幸，家中念我流亡孤苦，或不忍相告。母亲的生日是在九月，我在八月半写去祝寿的信，算计着会在寿日之前到达。信中嘱咐千万把寿日的详情写来，使我不再疑虑。十二月二十六日，由文化劳军的大会上回来，我接到家信。我不敢拆读。就寝前，我拆开信，母亲已去世一年了！

生命是母亲给我的。我之能长大成人，是母亲的血汗灌养的。我之能成为一个不十分坏的人，是母亲感化的。我的性格、习惯，是母亲传给的。她一世未曾享过一天福，临死还吃的是粗粮。唉！还说什么呢？心痛！心痛！

生命是母亲给的，长大成人的孩童是母亲用心血浇灌的，当幼雏羽翼丰满，离家远行，守家的母亲如何思念与担忧，那深厚的情感是做子女的永远也无法偿还的。一株生命的枯萎是另一株生命的繁盛，当你长大，请别忘常常回首，去看看那个人——你最亲爱的母亲。

一生不忘奶奶的谎言

本文是作者汤红霞怀念去世奶奶的一篇散文，讲述了作为孙女的"我"回忆与奶奶生前相处的种种，以奶奶对自己的"谎言"为出发点，写出了长辈对孙辈的关切与厚爱。

三岁那年，我被送到小镇上她的身边。

她一个人住在小小的老房子里，靠摆小烟摊为生。她最让我好奇的是她那双像粽子一样尖尖的小脚，竟比我的大不了多少。

她洗脚时，我看到那五只脚趾都朝内蜷成了一团，看不到脚丫。我歪着头问她，你的脚怎么和我不同呢？

她抚着我的头说，奶奶小时候喜欢踩蚯蚓，就烂成这样了。那双脚真丑啊，我可不想成那样。于是我不再踩蚯蚓，不再踏小鸡，走路时仔仔细细。刚上幼儿园的我，经常把饭粒撒得满桌都是，有时还趁她不注意偷偷把饭倒进下水道里，然后骗她说我吃完了。有一天她突然问我，丫丫，你想知道为什么天上会打雷吗？我睁大了眼睛看着她，我最怕的就是打雷了，我当然想知道。她说，因为雷

157

公公时刻在天上看着呢，他最恨别人浪费粮食，只要他一发脾气就会打雷下雨，他昨天晚上还在梦里告诉我，如果再看到谁倒饭，就会把雷炸到那个人身上。我听得毛骨悚然，小小的心里满是恐惧。为了不被雷炸到，我每天都把饭碗扒得干干净净，掉在桌上的饭粒也被我重新捡到碗里。我慢慢长高长壮实了，也很少生病了。

小学的时候，我同桌的小燕身上总有怪怪的气味，难闻死了，特别是出汗以后。和奶奶讲起，她连忙问我和小燕说了没有。我说还没有。她轻轻吁了一口气道，还好，还好。然后一脸郑重地告诉我，丫丫，千万不要当着小燕的面说她身上臭，也不能当着她的面捂鼻子啊，这种气味只要当面说出来或者捂鼻子就会被传染的，那么你也会和她一样臭了。还有，要把小燕当成和其他的同学一样。她的臭就会慢慢消失，你的鼻子也就没那么难受了。

我听她的话，对小燕热情起来。有时听到同学们说她臭，我就做个"嘘"的手势，然后把她告诉我的话神秘兮兮转述给同学们听。都是些不到10岁的孩子，和我一样被唬住了，从此再没有人嘲笑小燕。

初二的夏天，我开始懂得爱美了。她给我买了裙子，但没有长丝袜。我知道她穷，有裙子给我穿她就已经很努力了。但那种白底红花的长筒丝袜，配在裙子下面别提有多好看，我一连数天的梦里全都是它。我很羡慕班上的一个女同学，那个女同学的爸爸是当官的，可以给她买很多漂亮的长筒袜，女同学有些得意扬扬，经常在我们面前炫耀显摆。

有一天上完体育课，那位女同学满头大汗回到教室就把袜子脱了，一股汗臭味扑鼻而来。她用两只指头拎着袜子，准备放回书包时停下来想了想，然后扬起来大声叫，哎，谁要这袜子？还是新的呢，我懒得带回去洗了！给我吧。我竟然脱口而出，说完脸就红到了脖子根。

晚上回家，她在我的书包里发现了，问我哪儿来的。我实话告诉了她。她摇了摇头说，傻孩子，别人穿过的衣服袜子是不能要的。知道吗？因为每个人都有自己的体气，别人的体气沾在你身上你就会生病，穿得越久病越重。

那时我已经十二岁，不再那么好骗，于是半信半疑望着她。她继续说，镇上所有的老人都知道，不信你去问问。她的表情很严肃认真，宁可信其有不可信其无吧，我可不想冒那个险。我沮丧地扔掉了那双袜子。她却突然弯下身子，从床底下的好几个破瓷碗里搜出几个零币，塞到我手里说，旧袜子还给人家，明天你去买双新的。

我上高中了，父母结束了多年的打工生涯，把我接回了身边。我成绩优异，性格又好，男生女生都喜欢我。我去她那儿，很骄傲地告诉她这些。她先是夸我，然后说，有件事我必须早点告诉你。你现在长大了，要注意不能和男同学有亲密接触，比如搂搂抱抱呀，比如亲嘴呀。我问她如果那样了那会怎么样？她一本正经地说，那会怀孕的。你应该知道，如果这么小就怀孕，所有人都会看不起你，那个男生也会抛弃你。

我心虚地低下了头，她怎么像有千里眼一样呢？情窦初开的我，就在前一晚还和帅气的班长拉过手，心跳得像小兔子似的，那种感觉很新鲜。那个年代，我们没学过很正规的生理知识，于是她的话吓坏了我。我再也不敢理那个班长了，每天把头埋在深深的书堆里不看他。日子长了，他也不再找我了，我们的一点朦胧情愫淡了下来，精力都重新放到了学习上。

知道怎么样才能怀孕时，已是大学时的事了。那一刻我忍不住笑起来，她这么浅显的谎言我居然都信了，真够傻的，但笑过之后我顿然觉悟，我庆幸自己被她蒙骗，才在迷茫的青春期里懂得了一个女孩该有的自尊自爱。

从念大学到走上工作岗位的期间里，我很少有时间再去看她。父亲说她身体很不好，一直挂念着我。我给她打电话，她的耳朵已经很背了，需要我大声叫喊才听得见。她说不到两句话就开始咳嗽，上气不接下气。问起来，她总说是老毛病了，没事。

终于有一天，借着出差的机会，我回到那个生活了十多年的小镇。她听说我要来，起早把屋子拾掇得干干净净，坐在屋门口等我。我给她带了很多治疗支气管炎和止咳的药，她接了过来，感动得老泪纵横。她抱着那些瓶瓶罐罐说，我孙女对我可真好，这把老骨头死了也值得了。

说完这句话她又开始咳嗽，像要把五脏六腑都咳出来。我扶着她到洗手间吐痰，却赫然看到里面有丝丝的红色。我大惊，还没开口问，她就一边冲水一边有些不好意思地笑，指着茶几上的一盘草莓说，这人年纪越大越贪吃，刚才咽得急，草莓都呛鼻子里去了，咳出来现在舒服多了。我悬着的一颗心放了下来，叮嘱她以后慢一些吃。坐了一会儿，有朋友打电话约我去喝咖啡，我匆匆向她告辞了。

只是我永远也没有想到，真的没有想到，她这么老了还能骗倒自以为成熟的我。那是她一生对我说的最后一句谎言，她已经到了癌症晚期，一直咳血，所以她才故意摆了一盘红色的草莓。如果我像她爱我一样地爱她，用心去观察她，就应该想到她不是贪吃的人，也该想到长年累月的咳喘怎么会没事呢？那是我最后一次见到她啊，她养育了我十三年，我却只陪了她半小时……

小时候她总是对我说，不要哭，眼泪多的人眼睛会长得像金鱼一样，所以我一直很坚强，遇到挫折从不轻易掉眼泪。可是这一次我无法听她的了，我所有的坚强都在失去她的悲痛中分崩离析。这样一个没有念过一天书的女人，倾尽一生的爱编织了那么多的谎言，用她独有的方式塑造了我现在的幸福。

成长旅途，充满未知、好奇和坎坷，一出生，便坐上了社会的大船，飘荡在世界的海里。年少无知，青春多变，直白的训诫也许会催生逆反的教育效果，而祖母之爱正是孩子成长的良方。为人母的经验和处世的智慧，指引童稚的我们找到迷途的方向。成为奶奶的孩子，感恩并深爱自己的奶奶，将是人生中不可多得的珍贵幸福。

爱的牺牲

欧·亨利，19世纪美国著名批判现实主义作家，世界三大短篇小说大师之一。其作品多聚焦于世态人情，美国风味浓郁，构思新颖，语言诙谐，底层"小人物"形象塑造得极为成功。本文讲述了一对贫困小夫妻为爱而互相关怀与理解的故事，选自其最著名的短篇小说集《四百万》。

当你爱好你的艺术时，就觉得没有什么牺牲是难以忍受的。

那是我们的前提。这篇故事将从它那里得出一个结论，同时证明那个前提的不正确。从逻辑学的观点来说，这固然是一件新鲜事，可是从文学的观点来说，却是一件比中国的万里长城还要古老的艺术。

乔·拉雷毕来自中西部榭树参天的平原，浑身散发着绘画艺术的天才。他还只六岁的时候就画了一幅镇上抽水机的风景，抽水机旁边画了一个匆匆走过去的、有声望的居民。这件作品给配上架子，挂在药房的橱窗里，挨着一只留有几排参差不齐的玉米的穗轴。二十岁的时候，他背井离乡到了纽约，束着一条飘垂的领带，带着一个更为飘垂的荷包。

德丽雅·加鲁塞斯生长在南方一个松林小村里，她把六音阶之类的玩意儿搞得那样出色，以至她的亲戚们给她凑了一笔数目很小的款子，让她到北方去"深造"。

乔和德丽雅在一个画室里见了面，那儿有许多研究美术和音乐的人经常聚会，讨论明暗对照法、瓦格纳①、音乐、伦勃朗②的作品、绘画、瓦尔特杜弗③、糊墙纸、肖邦④、奥朗⑤。

乔和德丽雅互相——或者彼此，随你高兴怎么说——一见倾心，短期内就结了婚——当你爱好你的艺术时，就觉得没有什么牺牲是难以忍受的。

拉雷毕夫妇租了一层公寓，开始组织家庭。那是一个寂静的地方，单调得像是钢琴键盘左端的A高半音。可是他们很幸福，因为他们有了各自的艺术，又有了对方。我对有钱的年轻人的劝告是，为了争取和你的艺术以及你的德丽雅住在公寓里的权利，赶快把你所有的东西都卖掉，施舍给穷苦的看门人吧。

---

① 瓦格纳（1813—1883）：德国作曲家。
② 伦勃朗（1606—1669）：荷兰画家。
③ 瓦尔特杜弗（1837—1915）：法国作曲家。
④ 肖邦（1809—1849）：波兰作曲家。
⑤ 奥朗：中国乌龙红茶的粤音。

公寓生活是唯一真正的快乐，住公寓的人一定都赞成我的论断。家庭只要幸福，房间小又何妨，让梳妆台坍下来作为弹子桌；让火炉架改作练习划船的机器；让写字桌充当临时的卧榻，洗脸架充当竖式钢琴；如果可能的话，让四堵墙壁挤拢来，你和你的德丽雅仍旧在里面。可是假若家庭不幸福，随它怎么宽敞——你从金门进去，把帽子挂在哈得拉斯，把披肩挂在合恩角，然后穿过拉布拉多出去①，到头还是枉然。

乔在伟大的马杰斯脱那儿学画，各位都知道他的声望，他取费高昂；课程轻松——他的高昂轻松给他带来了声望。德丽雅在罗森斯托克那儿学习，各位也知道他是一个出名的专跟钢琴键盘找麻烦的家伙。

只要他们的钱没用完，他们的生活是非常幸福的。谁都是这样，算了吧，我不愿意说愤世嫉俗的话。他们的目标非常清楚明确。乔很快就能有画问世，那些鬓须稀朗而钱袋厚实的老先生，就要争先恐后地挤到他的画室里来抢购他的作品。德丽雅要把音乐搞好，然后对它满不在乎，如果她看到音乐厅里的位置和包厢不满座的话，她可以推托喉痛，拒绝登台，在专用的餐室里吃龙虾。

---

① 金门是美日金山湾口的海峡；哈德拉斯是北卡罗来纳州海岸的海峡，与英文的"帽架"谐音；合恩角是南美智利的海峡，与"衣架"谐音；拉布拉多是哈得逊湾与大西洋间的半岛，与"边门"谐音。

但是依我说，最美满的还是那小公寓里的家庭生活：学习了一天之后的情话絮语；舒适的晚饭和新鲜、清淡的早餐；关于志向的交谈——他们不但关心自己的，也关心对方的志向，否则就没有意义了——以及互助和灵感；还有，恕我直率，晚上十一点钟吃的菜裹肉片和奶酪三明治。

可是没多久，艺术动摇了。即使没有人去摇动它，有时它自己也会动摇的。俗语说得好，坐吃山空，应该付给马杰斯脱和罗森斯托克两位先生的学费也没着落了。当你爱好你的艺术时，就觉得没有什么牺牲是难以忍受的。于是，德丽雅说，她得教授音乐，以免断炊。

她在外面奔走了两三天，兜揽学生。一天晚上，她兴高采烈地回家来。

"乔，亲爱的，"她快活地说，"我有一个学生啦。哟，那家人可真好。一位将军，爱·皮·品克奈将军的小姐，住在第七十一街。多么漂亮的房子，乔，你该看看那扇大门！我想就是你所说的拜占廷式①。还有屋子里面！喔，乔，我从没见过那样豪华的摆设。"

"我的学生是他的女儿克蕾门蒂娜。我见了她就喜欢极啦！她是个柔弱的小东西，老是穿白的，态度又那么朴实可

① 拜占廷式：六世纪至十五世纪间，东罗马帝国的建筑式样，圆屋顶、拱门、细工镶嵌。

爱！她只有十八岁。我一星期教三次课，你想想看，乔！每课五块钱。数目固然不大，可是我一点儿也不在乎；等我再找到两三个学生，我又可以到罗森斯托克先生那儿去学习了。现在，别皱眉头啦，亲爱的，让我们好好吃一顿晚饭吧。"

"你倒不错，德丽雅，"乔说，一面用斧子和切肉刀在开一听青豆，"可是我怎么办呢？你认为我能让你忙着挣钱，我自己却在艺术的领域里追逐吗？我以般范纽都·切利尼①的骨头赌咒，绝不能够！我想我以卖卖报纸，搬石子铺马路，多少也挣一两块钱回来。"

德丽雅走过来，勾住他的脖子。

"乔，亲爱的，你真傻。你一定得坚持学习。我并不是放弃了音乐去干别的事情。我一面教授，一面也能学一些。我永远跟我的音乐在一起。何况我们一星期有十五块钱，可以过得像百万富翁那般快乐。你绝不要打算脱离马杰斯脱先生。"

"好吧，"乔说，一面去拿那只贝壳形的蓝菜碟，"可是我不愿意让你去教课，那不是艺术。你这样牺牲真了不起，真叫人佩服。"

"当你爱好你的艺术时，就觉得没有什么牺牲是难以忍受的。"德丽雅说。

---

① 般范纽都·切利尼（1500—1571）：意大利著名雕刻家。

"我在公园里画的那张素描，马杰斯脱说上面的天空很好。"乔说，"丁克尔答应我在他的橱窗里挂上两张。如果碰上一个合适的有钱的傻瓜，可能卖掉一张。"

"我相信一定卖得掉的，"德丽雅亲切地说，"现在让我们先来感谢品克奈将军和这烤羊肉吧。"

下一个星期，拉雷毕夫妇每天一早就吃早饭。乔很起劲地要到中央公园里去在晨光下画几张速写，七点钟的时候，德丽雅给了他早饭、拥抱、赞美、接吻之后，把他送出门。艺术是个迷人的情妇。他回家时，多半已是晚上七点钟了。

周末，愉快自豪、可是疲惫不堪的德丽雅，得意扬扬地掏出三张五块钱的钞票，扔在那八呎阔十呎长的公寓客厅里的八时阔十时长的桌子上。"有时候，"她有些厌倦地说，"克蕾门蒂娜真叫我费劲。我想她大概练习得不充分，我得三番五次地教她。而且她老是浑身穿白，也叫人觉得单调。不过品克奈将军倒是一个顶可爱的老头儿！我希望你能认识他，乔，我和克蕾门蒂娜练钢琴的时候，他偶尔走进来，他是个鳏夫，你知道，站在那儿捋他的白胡子。"

"十六分音符和三十二分音符教得怎么样啦？"他老是这样问道。

"我希望你能看到客厅里的护壁板，乔！还有那些阿

168

斯特拉罕的呢门帘。克蕾门蒂娜老是有点咳嗽。我希望她的身体比她的外表强健些。喔，我实在越来越喜欢她了，她多么温柔，多么有教养。品克奈将军的弟弟一度做过驻玻利维亚的公使。"

接着，乔带着基督山伯爵[①]的神气，掏出一张十元、一张五元、一张两元和一张一元的钞票——全是合法的纸币。

把它们放在德丽雅挣来的钱旁边。

"那幅方尖碑的水彩画卖给了一个从庇奥利亚[②]来的人。"他郑重其事地宣布说。

"别跟我开玩笑啦，"德丽雅说，"不会是从庇奥利亚来的吧！"

"确实是那儿来的。我希望你能见到他，德丽雅。一个胖子，围着羊毛围巾，看到了那幅画，起先还以为是座风车呢。他倒很气派，不管三七二十一的，把他买下了。他另外预定了一幅勒加黄那货运车站的油画，准备带回家去。我的画，加上你的音乐课！呵，我想艺术还是有前途的。"

"你坚持下去，真使我高兴，"德丽雅热切地说，"你一定会成功的，亲爱的。三十三块钱！我们从来没有

[①] 基督山伯爵：法国大仲马小说中的人物。年轻时为情敌陷害，被判无期徒刑，在孤岛囚禁多年；脱逃后，在基督山岛上掘获宝藏自称基督山伯爵，逐一报复仇人。

[②] 庇奥利亚：伊利诺州中部的城市。

这么多可以花的钱。今晚我们买牡蛎吃。"

"加上炸嫩牛排和香菌，"乔说，"肉叉在哪儿？"

下一个星期六的晚上，乔先回家。他把他的十八块钱摊在客厅的桌子上，然后把手上许多似乎是黑色颜料的东西洗掉。

半个钟头以后，德丽雅来了，她的右手用绷带包成一团，简直不像样了。

"这是怎么搞的？"乔照例地招呼了之后，问道。德丽雅笑了，可是笑得并不十分快活。

"克蕾门蒂娜，"她解释说，"上了课之后一定要吃奶酪面包。她真是个古怪姑娘，下午五点钟还要吃奶酪面包。将军也在场，你该看看他奔去拿烘锅的样子，乔，好像家里没有佣人似的，我知道克蕾门蒂娜身体不好，神经多么过敏。她浇奶酪的时候泼翻了许多，滚烫的，溅在手腕上。痛得要命，乔。那可爱的姑娘难过极了！还有品克奈将军！乔，那老头儿差点要发狂了。他冲下楼去叫人，他们说是烧炉子的或是地下室里的什么人，到药房里去买一些油和别的东西来，替我包扎。现在倒不十分痛了。"

"这是什么？"乔轻轻地握住那只手，扯扯绷带下面的几根白线，问道。

"那是涂了油的软纱。"德丽雅说，"喔，乔，你又

170

卖掉了一幅素描吗？"她看到了桌子上的钱。

"可不是嘛，"乔说，"只消问问那个从庇奥利亚来的人。他今天把他要的车站图取去了，他没有确定，可能还要一幅公园的景致和一幅哈德逊河的风景。你今天下午什么时候烫痛手的，德丽雅？"

"大概是五点钟，"德丽雅可怜巴巴地说，"熨斗，我是说奶酪，大概在那个时候烧好。你真该看到品克奈将军，乔，他……"

"先坐一会儿吧，德丽雅，"乔说，他把她拉到卧榻上，在她身边坐下，用胳臂围住了她的肩膀。

"这两个星期来，你到底在干什么，德丽雅？"他问道。

她带着充满了爱情和固执的眼色熬了一两分钟，含含混混地说着品克奈将军。但终于垂下头，一边哭，一边说出实话来了。

"我找不到学生，"她供认说，"我又不忍眼看你放弃你的课程，所以在第二十四街那家大洗衣作坊里找了一个烫衬衣的活儿。我以为我把品克奈将军和克蕾门蒂娜两个人编造得很好呢，可不是吗，乔？今天下午，洗衣作坊里一个姑娘的热熨斗烫了我的手，我一路上就编出那个烘奶酪的故事。你不会生我的气吧，乔？如果我不去做工，你也许不可能把你的画卖给那个庇奥利亚来的人。"

"他不是从庇奥利亚来的。"乔慢慢吞吞地说。

"他打哪儿来都一样。你真行，乔，吻我吧，乔，你怎么会疑心我不在教克蕾门蒂娜的音乐课呢？"

"到今晚为止，我始终没有起疑。"乔说，"本来今晚也不会起疑的，可是今天下午，我把机器间的油和废纱头送给楼上一个给熨斗烫了手的姑娘。两星期来，我就在那家洗衣作坊的炉子房烧火。"

"那你并没有——"

"我的庇奥利亚来的主顾，"乔说，"和品克奈将军都是同一艺术的产物——只是你不会管那门艺术叫作绘画或音乐罢了。"

他们两个都笑了，乔开口说："当你爱好你的艺术时，就觉得没有什么牺牲是难以忍受的。"可是德丽雅用手掩住了他的嘴。"别说下去啦，"她说，"只消说'当你爱的时候'。"

十指相扣的勇气，需要一生守护的信念。爱情不是浅薄的游戏，它有浪漫和激情，但唯有牺牲和奉献才能让爱情之花绽放得灿烂而持久。

　　爱与温情从未远离你，葆有一颗感恩之心，终有一天，雨过天晴，春暖花开。

你是否曾对那羞涩之人报以友好的微笑，包容他的自卑和鲁莽？你是否曾委屈自己，只为了能看到所爱之人心花怒放？你又是否曾在多少年后猛然悔悟，忆起那个被你误会了很久的故人？平凡的生活，不要让柴米油盐酱醋茶模糊了原本纯粹的相互体谅；人生的旅行，多些理解的风景肯定让你向往，让你难忘。

站台4　无私奉献，报自然以春光

　　动物是人类的朋友，它们是地球母亲的孩子，大自然的使者。当文明要发展，民族要进步之时，我们从自然界，从可爱的动物身上索取了太多，也让它们牺牲了太多。动物只是人类生命中的过客，而人类却是它们的一生。它们无言却懂大爱，只要认定便一生信任而忠诚，甚至放弃生命也在所不惜。

退役军犬黄狐

沈石溪，当代作家，擅长"动物小说"创作，被称为"动物小说大王"，代表作有《斑羚飞渡》《最后一头战象》《第七条猎狗》《狼王梦》等。本文是一篇短篇小说，荣获"第六届陈伯吹儿童文学奖"，讲述了退役军犬黄狐为主人忠诚献身的故事。

梭达哨所阵地上，挺立着两排头戴钢盔全副武装的士兵。对面七步远的磨盘上，蹲着一条名叫"黄狐"的军犬。虽然它鼻子和唇吻间稀疏的长毛已经秃尽，露出几分衰老，但从它细腹宽胸的身材，发达饱满的肌肉，肩胛上那道显眼的伤疤和短了一小截的右前爪中，仍可以看出它年轻时威武勇猛的风采。

它的主人——排长贾松山将一枚二等功勋章和两枚三等功勋章，挂在它的脖颈上。镀金的勋章在阳光下闪闪发光，紫红的绸带缠在它金黄的皮毛间，分外耀眼。

哨所最高指挥官宋副连长笔直地站在它面前，大声宣读一纸命令："梭达哨所军犬，编号08431，1979年服役，在对越自卫反击作战中屡建战功，现因超龄和身体伤残严重，命令其退出现役……"

宋副连长话音刚落，队列里的士兵便热烈地鼓起掌来。可怜的黄狐，并不知道自己正在退役。它虽然绝顶聪明，但还是听不懂人类复杂的语言。此刻，它瞅着这庄严的场面，还以为哨所要带它去执行什么重大的战斗任务呢！它兴奋得昂着头颅，挺着胸脯，做出雄赳赳的临战姿态。

"举前爪。"贾排长命令道。

它立即执行，由宋副连长带头，四十多名军人依次跟它握手告别。

梭达哨所对面，是我国神圣的领土者阴山，此时还被越南侵占着。越军不时朝这儿开炮，弹头摩擦空气发出的尖啸声，炮弹落地的爆炸声，弹片飞进时发出的咝咝声，仿佛奏起了战场交响曲，为这隆重的军犬退役仪式助兴喝彩。

吃午饭时，黄狐才感到事情有点不妙。平时进餐，主人从不让它吃得过饱，太饱了不但影响它冲击和扑咬的速度，还会麻木它的嗅觉神经和听觉神经。灵敏的嗅觉和听觉，对一条军犬来说，是多么重要，尤其是在战争环境下，每时每刻都要防备越军的突然袭击。它完全谅解主人的苦心，总是吃到七成饱，就自觉停止进食。可今天的午餐太特殊了，一整只烧鸡，大半盆排骨，外加两大碗米饭，香喷喷热腾腾，贾排长还一个劲给它添菜，它吃得肚皮涨成球形，宋副连长还硬把一只鸡大腿塞进它嘴里。这实在太反常了。

下午，贾排长牵着它越过一道山梁，来到营部，把它交给一位笑容可掬的胖厨师。

贾排长和它告别时，一次又一次用宽大的手掌抚摸它的脊背，捋顺它的毛，还把脸颊依偎在它的鼻子上，抱着它亲近了很久很久。一串泪从主人的睫毛间滴落下来，弄湿了它鼻翼间的茸毛，又流进它的嘴唇。哦，眼泪原来是热的，还有咸味。他不明白主人为啥要流泪，什么伤心的事情也没发生呀。四个月前，在一次伏击战中，他的右前爪被越军手榴弹炸掉一小截，露出白色的骨头；在包扎伤口时贾排长眼眶里虽然蒙上了一层晶莹的泪花，但还是没流出来。

它晓得，男儿是不轻易掉泪的；军人是不轻易掉泪的。

但此刻，贾排长却变得像个多愁善感的女人，泪儿像断了线的珍珠，啪嗒啪嗒往下落。

它非常纳闷。

它在营部等了七天，贾排长还没来接它。它这才恍然大悟，自己已经退役了。

它明白退役是怎么回事。过去它在团部看见过一条名叫阿丘的退役军犬，整天吃了睡，睡了吃，养得肥头肥脑，成了一条行动笨拙，反应迟钝，又老又胖又丑的草狗。军人都忙自己的事，没人理睬阿丘。阿丘只能和一帮拖鼻涕的小娃娃为伍，为了赢得孩子一声欢笑，讨得孩子手中一块糖果，阿丘会使劲摇尾巴，献媚地汪汪叫，还愿意在烂泥地里打滚。

这不是军犬，这是哈巴狗。

贾排长为啥要抛弃它呢？它做错过什么事吗？没有。它哪一次没执行命令吗？没有。它的右前爪虽然短了一截，但并不影响它的扑咬冲击。它十三岁，虽然年龄偏大，但还能在草丛中间闻出陌生人路过遗留下来的气味，准确地跟踪追击。它是一条顶呱呱的军犬，连上次到梭达哨所来视察的军分区司令员都当面这样称赞过它。它要回梭达哨所去看个究竟。

它只能悄悄地潜回哨所，因为主人命令它待在营部，它回去是违法的。从它在军犬学校接受训练开始，整整十二个年头了，它还是第一次违反主人神圣的命令。

它很聪明，挑了正午时间回哨所。除了岗楼上有个哨兵外，其他人都钻在猫耳洞里。阵地上，只有知了在烦躁地嘶鸣。

阵地左侧那片小树林里，有一幢结构精巧的矮房子，钢筋编织的墙，石棉瓦铺的顶，都漆成漂亮的草绿色，这就是它睡了八年的狗房。它避开哨兵的视线，匍匐接近狗房。突然，它闻到一股陌生的气味，那是同类身上散发出来的。

"汪！"狗房里传来一声低沉的恫吓的吠声。

黄狐仔细一看，原来狗房里关着一条新来的军犬，浑身皮毛黑得发亮，眉心有块显眼的白斑。黑狗脖颈上套着一条黄皮带，铜圈闪闪发光。它熟悉这副皮带圈，是用水牛皮做的，柔软而坚挺，浸透了硝烟和战尘，有一股使军犬着迷的气味，套上后会使军犬变得更加威风凛凛。它忌妒地望着这副皮带圈，流下了涎水。

"呜——"黑狗趴在铁栏杆上，朝它龇牙咧嘴地低吼着，是警告黄狐不要来侵犯领地。

黄狐愤怒地竖直尾巴。是你这条卑鄙的黑狗，侵犯了我的岗位，我的宫殿。它明白了主人为啥要抛弃它，原来是这条黑狗顶替了它的位置，抢走了主人的宠爱。它把所有的委屈全迁怒到黑狗身上，复仇的火焰烧炙着它的整个身心。突然间它涌动起一股杀机。

黑狗也用充满敌意的眼光傲视着它。

黄狐是久经沙场的军犬了，懂得搏杀前应该做些什么。它把胸脯贴在湿漉漉的冒着凉气的泥地上，让心中的怒火冷却浓缩。它冷静地围着狗房兜圈子，仔细打量着对手，比较着彼此的优劣，选择最佳的搏杀方式。黑狗比它年轻，比它高大，那隆起的肌腱，结实的胸脯，证明对方是一条强壮的凶悍的狗。黄狐的右前爪伤残，拼蛮力显然是很难赢对方的，只能智取。对方年轻强壮，身上没有伤疤，眼角没有皱纹，是个初出茅庐的新手，没有实战经验；瞧这黑家伙显得多幼稚，隔着铁栏杆还朝它频频扑击，不但撞疼额头和爪子，还徒劳地消耗掉精力和体力。老练的军犬绝不会这样虚张声势。看来，这黑家伙确实很嫩，容易对付。

黄狐瞧出了黑狗致命的弱点，这才不慌不忙地用牙齿咬开铁门倒插着的铁销。

黑狗窜出铁门急急忙忙朝它扑来。黄狐转身就跑。这儿离猫耳洞太近，撕咬起来会惊醒主人。它要神不知鬼不觉地消灭黑狗。

它下了山坡，钻进深箐，跑到山谷，再拐个弯就越出梭达哨所的地界了。突然黑狗停止追击，站在一棵被越军炮弹削成光头的大树前，胜利地吠了两声。黑狗也是条军犬，没有主人的命令是不会远离军营的。

这儿虽然离哨所很远了，但山上山下，是条直线，站在哨所阵地上，用个望远镜便可看清峡谷里的一切。必须拐过峡谷。黄狐瞪着双眼，寻思可以激怒对方的高招。

黑狗也怒视着它。两条军犬面对面僵持着。

突然，它把视线从黑狗身上移开，冲着黑狗右后侧草丛惊叫了一声，仿佛草丛里蓦地窜出一个怪物。黑狗果然上当了，转过脑袋去瞧。就在对方走神的一瞬间，它敏捷地一跃，在黑狗身上咬了一口，叼起一撮黑毛，转身逃出峡谷。

黑狗被激怒了，不顾一切地追出峡谷。

哦，这儿是厮咬搏杀的好地方，平坦开阔的草地便于回旋，更重要的是，山峰是道结实的屏障，挡住了梭达哨所。它可以放心大胆地收拾这条黑狗了。

黑狗急于求胜，根本没把这条残废的老狗放在眼里，一开始便频频进攻，两只黑前爪像鱼钩似的弯曲着，拼命想勾住黄狐的脖子。黄狐躲闪着，周旋着，避开对方的锋芒。

这黑家伙果然年轻，强壮，进攻了很久，仍然气不喘力不衰。要是一般的草狗，扑腾这么一阵子，早瘫成一团泥了。要是换了黄狐，恐怕也会精疲力竭了。黑狗却仍然跳得那么轻巧，扑得那么准确，要不是黄狐积累了十年的实战经验，它绝不是黑狗的对手。

它以极大的耐心，等待对方耗尽体力，然后伺机反扑。

炽白的阳光变成橘黄，观战的小鸟都不耐烦地飞跑了。渐渐地，黑狗显得气力不支，嘴角泛着白沫，四爪变得松软，脚步也有点不稳了。是时候了，它在黑狗又一次腾跃而起时，不再扭身躲闪，而是微微后退了一步，把身体尽量往后缩紧，让黑狗正好落在离它前爪一寸远的地方；还没等对方落稳，它把七天来所受的委屈，所有的愤怒，所有积蓄着的愤怒，都凝聚到这一扑上；它把黑狗扑得横倒在地，它结结实实地踩在黑狗的胸脯上，牙齿已触到黑狗柔软的肚皮。只要使劲一咬，对方的肚皮就会被捅出一个窟窿，狗血就会染红绿草，狗肚肠就会流一地。它心里涌起一阵复仇的快感。它偏着脖子，狠命咬下去……

"停！"背后突然传来人的声音，那么耳熟，它不用回头就知道，这是贾排长发出的命令。它条件反射似的缩回牙齿，从黑狗身上跳下来，规规矩矩地蹲坐在一旁。

贾排长满头大汗，扳起黑狗的前爪，仔细检查了一遍。黑狗的肚皮被咬破一点皮，流了几滴血。

"畜生，你干的好事！"贾排长掂起那条牵狗用的皮带，恶狠狠地指着黄狐的鼻梁骂道："叫你在营部待着，你敢跑来捣乱！"他越骂越气，抡起手中的皮带，朝它抽来。

皮带像条咝咝叫的蛇，噬咬着它的头，它的耳朵和脊背。它身上的黄毛被皮带一簇簇咬下来，在空中飞旋。它不躲不闪，纹丝不动地蹲着，任凭雨点似的皮带落在身上，它是一条军犬，主人无论怎么惩罚它，它都必须毫无怨言地接受。

"滚！"贾排长一脚踹在它身上。它倒在地上，赶紧又站起来在原来的位置上蹲好。

"滚，滚回营部去，不准你再回来惹事！"

这一次它听明白了主人的命令，夹紧尾巴，耷拉着脑袋，沿着山间小路向营部跑去。

它只能遵照主人的命令，在那间木板钉成的窝棚里生活。

窝棚里铺着厚厚一层稻草，弥漫着一股秋天的醉香。

它却厌恶地把稻草全扒出窝去。军犬习惯于卧躺在坚硬的土地或冰冷的岩石上。松软的稻草会把骨头睡酥软的，它情愿睡在有股霉味的水门汀上。

如果用草狗的标准来衡量，它的生活是优越的，幸福的。

它是条立过战功的军犬，人们对它很尊重、很客气，从来不叫它干守更、看门、逮鸡、撵猪这样的杂事。它整天逍遥自在，如果愿意，一觉可以睡到太阳当顶，也不会有人来骂它一声懒狗。当初它在梭达哨所时，夜夜巡逻，天天训练，还经常长途奔袭，行军打仗，有时实在累极了，它就幻想有那么一天，它能蜷在草丛里美美地睡两天两夜，该有多好。这清闲的日子真的来临了，它发觉一点没趣。它无事可干，吃饱了就闲逛，看公鸡打架，看耗子搬家，看鱼儿争食……无聊透了。

它的新主人——那位和蔼可亲的胖厨师，待它尤其好，每餐都给它端一大盆饭，还有好几根骨头，瞧着它吃，还会念叨："唔，你是功臣，多吃点，饱饱地吃，不够我再给你添。唔，怪可怜的，腿都打瘸了。你有权多吃的。"它撑饱肚皮后，胖厨师就会来亲昵地拍拍它的脑袋："玩儿去吧，溜达去吧。唔，好好养老。"每当有陌生人光临营部，胖厨师就会翘起大拇指把它夸奖一番。

"唔，你们别瞧它瘸了一条腿，模样怪可怜的。唔，它曾经是条真正的好狗，活捉过两个越南兵。有一次越南特工来袭击梭达哨所，幸亏它发现得及时，才没吃亏。唔，这是一条真正的好狗。"

它知道胖厨师对它的友好是发自内心的，但并不喜欢他。它不喜欢他油腻腻的手和甜蜜蜜的声调；它喜欢贾排长斩钉截铁的命令和粗暴的呵斥。

营部是机关和家属所在地，那几个淘气的小男孩和毗邻的苗寨小朋友玩"打仗"。苗寨小朋友有四条草狗，声威很壮。营部的小男孩就请它去帮他们"打仗"，它拒绝了。小朋友之间的"打仗"，再热闹也是游戏。它渴望真正的战斗。

营部和梭达哨所隔着一座大山，闻不到火药味，只是在夜阑人静时依稀听得见炮声。它就改变生活习惯，白天睡觉，夜晚耳朵贴着大地，专心谛听那惊心动魄的炮声。

它思念哨所，思念那火热的战斗生活。安逸的日子不但没有使它发福，反而使它消瘦，肩胛骨耸露出来，金黄色的毛失去了光泽，衰老得像片枯黄的落叶。它患了相思病。

黄狐又潜回梭达哨所。

这一次，它不是去找黑狗报复的，一顿皮带给它的教训够它记一辈子了。它只是想闻闻熟悉的硝烟味，听听激烈的枪炮声，看看梭达哨所的人，哪怕看看他们的影子也好。它躲在阵地后面那片芭蕉林里，从这儿可以看清梭达哨所的一切，又不易被人发现。

贾排长刚好在训练黑狗。

怪不得主人要用黑狗来代替自己，这黑家伙的体质确实棒，跑起来像闪电，扑起来像飓风。这黑家伙还很机灵，匍匐前进通过低矮的铁丝网时，姿势那么标准，动作那么轻捷，简直像条鳄鱼在贴地爬行。瞧这黑家伙的牙多么尖利，在阳光下白得耀眼，只一口就把帆布假人咬开一个大洞。几年前它黄狐也有这么一口好牙，可惜，岁月不饶人，也不饶狗，现在它的牙齿泛黄了，没过去那么结实了，有两颗大牙已经松动，要是换它来咬那个假人，恐怕得折腾半天才咬得穿这厚厚的帆布。这黑家伙在训练场上一个劲地腾越扑跳，那精力体力实在叫黄狐嫉妒，要是换作它，扑几下就该蹲着喘口气了。

黑狗开始做最高难度的训练科目了，就是要迅速登上一丈多高的坎壕，扑咬敌方的机枪射手。只见黑狗轻捷地一跃，像条蚂蟥一样紧紧贴在土壁的半腰，随后又一个上蹿，利索地翻上壕沟。"漂亮！"黄狐忍不住在心里赞叹道。它晓得要完成这套动作，功夫在于四只利爪，要像铁钩般深深嵌进土层；它年轻时也可以不费力地做到这一点的，现在不行了，残废的右前爪无法抓牢土壁，身体无法保持平衡，一跃上去便会摔下来的。

现在它才明白，对梭达哨所来说，黑狗的价值远远高过它。要是坎壕里真的是个越军机枪掩体，它就无法跃上去，只能眼睁睁看着战士们流血；而黑狗就完全有可能建立奇功。它理解贾排长为什么用皮带狠狠揍它。它服气了。

黑狗扑咬敌方的机枪射手了。不好！黄狐差一点汪汪地叫出声来；它把嘴拱进芭蕉树下潮湿的泥里，才克制住自己焦急的叫唤。黑狗扑击呈梯形，从斜刺里往上扑，帆布做的假敌被它扑得仰面朝天，摔出很远，黑狗又一跳，咬住假敌的喉管。这是教科书中的标准动作，黑狗做得分毫不差。但是，这不行，这样做在实战中是要吃亏的！

贾排长满意地抚摸着黑狗的脊背，把一块什么东西塞进黑狗的嘴里。它知道，那准是甜甜的糖果。主人，你也错了，你也没看出黑狗扑击的破绽来。这奥秘只有黄狐知道。它是用血的代价才换来这一实战经验的。

那是在对越自卫反击战刚打响时，它也像黑狗那样，跃上敌人坎壕。它也按照军犬学校传授的规范动作，扑成个斜梯形。越南兵猝不及防，连人带枪摔倒在地。它立即做第二个起跳动作，就在这时，越南兵躺在地上扣动了扳机，那曳着白光的子弹，比狗的动作快得多，它在半空中，就感到肩胛一阵麻木。幸亏它没有跳到越南兵上空，子弹没有打在要害处，使它还能拼出最后一点力气，咬断对方的喉管。不，应当公正地说，幸亏越南兵是个惊慌失措的新兵，幸亏那冲锋枪弹匣里只剩最后一颗子弹。如果对方换成个胡子拉碴的越南老兵，如果那冲锋枪弹匣里压满了子弹，不但它会变成一条死狗，它身后十几个战士，包括贾排长在内，都将付出血的代价。

　　它从这血的教训中得出一条经验：不能再进行斜梯形的扑击了；尽管把对方扑得仰面朝天后，随即跳到对方身上，这两个动作之间只间歇短暂的一秒钟，至多不会超过两秒钟；但战场上的时间是多么重要啊。完全有可能就因为这短暂的一两秒钟使我们转胜为败；因为敌人的子弹会在更短的时间内从枪管里面喷射出来。

　　你必须学会弧形攻击。

　　对，是弧形攻击。这是它黄狐苦练出来的绝招，把斜梯形扑击的两个动作合并成一个，即猛地扑跃到敌人头顶，然后微微形成个漂亮的弧形，像座山一样朝敌人压下去，和敌人一起倒地，倒在敌人身上，在倒地的一瞬间咬住敌人的喉管。这样，即使对方是个胡子拉碴的越南老兵，也毫无还手之力。在以后的战斗中，黄狐就用弧形攻击，消灭和捕获了好几名越南兵。

黑狗受到了主人的嘉奖，扬扬得意地摇尾巴。

不行，这个动作不纠正，在战场上会坏事的！它仿佛已看到黑狗倒在血泊中，贾排长也中弹倒地……太可怕了，它急得在芭蕉林里又蹿又跳，把好几片芭蕉叶撕成碎片，还发疯似的咬断两棵芭蕉。它必须帮助黑狗纠正这个动作。它想立刻跑到阵地上去，但害怕贾排长会误解。它无法用狗的语言向人解释清楚内心的意愿，它悲哀地摇着头。

它在芭蕉林里等了两天两夜，总算把黑狗等来了。

这家伙年轻贪玩，黄昏时竟然违反纪律，悄悄溜到山上来逮野兔子。

它从一棵野芭蕉背后闪出身来，拦住黑狗。它友好地摆着尾巴，黑狗却充满敌意地瞪着它，龇牙咧嘴，准备与它厮咬。

它使劲把尾巴摇得像朵黄菊花，躲到一边。

黑狗把它看成敌人了，看成冤家了。"汪！呜——"黑狗喉咙里发出威胁的声音，朝它逼来。

它急中生智，朝一棵芭蕉扑去，扑出个漂亮的弧形，苗壮的芭蕉树哗啦一声被扑倒了。在芭蕉树砰然倒地的一瞬间，它一口咬下吊在芭蕉叶间那朵紫红色的硕大的花蕾，衔在嘴里，朝黑狗摆晃。

它做了个示范动作，想让黑狗跟着学。

可惜，黑狗并不理解，非但没跟着学，反而朝它扑来。

它脑子豁然一亮，既然黑狗把它视作敌人，那就让黑狗把它当作实验品，在它身上学会弧形扑咬吧。它不再躲避，而是直立起来迎接黑狗的扑击。梯形扑击冲力很大，把它撞出一丈多远，但就在黑狗做第二个跳的动作的一秒钟间歇里，它就地一滚，轻易地避开了。

如此反复十几次，黑狗渐渐领悟到自己的扑击技巧有毛病，显得异常急躁，乱跳乱咬，哦，是时候了。它觑了个空隙，扑出个漂亮的弧形，把黑狗仰面朝天压在地上，在倒地的一瞬间，它轻轻地在黑狗喉咙处咬了一下。

如此又反复了十几次。黑狗终于看出它弧形扑击的优点了，也依样画葫芦学起来，扑出一个个弧形，向它攻击。开始时，黑狗动作很别扭，不是扑得太高，弧形划得太大，松弛了扑击的力量，就是扑得太低，行不成泰山压顶的气势。但这黑家伙很聪明，扑了几次后，就熟练起来，弧形越来越漂亮，落点越来越准确，好几次，把它四足朝天压在地上，若不是它早有防备，肯定被咬穿肚皮了。

黑狗越扑越来劲，越扑越凶猛，它黄狐则渐渐精疲力乏，头昏眼花。

黑狗又一次把它扑倒在地，它扭腰翻滚的动作慢了一点，胸部被黑狗叼走了一块肉，鲜血淋漓。

好样的，扑得真狠，它忍住痛，继续迎战。

黑狗尝到了血腥味，变得野性十足，倏地跃起，把它结结实实压在身下，使它动弹不得，咔嚓一声，它的左腿骨被咬断了。

"汪汪！"黑狗欢呼着。

它拖着受伤的左腿，低声哀嚎着，一瘸一拐逃出芭蕉林，钻进灌木丛。

黑狗犹豫了一下，没有撵上来。

它已经逃不快了，也失去了反抗能力，要是此刻黑狗撵上来，只消再来个弧形扑击，就能轻而易举地把它置于死地。

它感激黑狗的宽仁。可是，它又痛恨黑狗的宽仁。它逃进灌木林，舔着左腿上的伤口，回想起在战场上亲眼看见的一桩惨事：一条名叫柯柯的军犬，在咬断一个越南特工队员右手腕后，突然动了恻隐之心，没立即把对方的左手腕也咬断，于是，那个越南特工队员用左手从腰际拔出匕首，捅进柯柯的腹部……在你死我活的厮杀中，任何宽仁都是愚蠢的，都会造成流血牺牲。

黑狗，你既然把我视作仇敌，你就应该往死里咬的。

绝对不能让黑狗把这宽仁的习惯带到战场上去。它艰难地站起来，咬着牙朝芭蕉林走去。它是条残废的退役的狗，它何必再怜惜自己的生命呢。再去挑衅，再去逗引，激怒黑狗，让对方把自己的喉管咬断，让对方在血腥的拼杀中养成坚决果断的战斗作风。毫无疑问，它的生命在黑狗尖利的犬牙上熄灭，它觉得这样的死法，总比吃了睡，睡了吃，最后老死在木板棚里强。它是条军犬，它还在军犬学校受训时就养成这么一种信念：倒在血泊中，是一条军犬最好的归宿。

芭蕉林里静悄悄的，黑狗早已回哨所去了。

暮霭沉沉，已瞧得见半空中流萤的光彩了。它蜷伏在芭蕉树下，决心等黑狗再次出现，哪怕等上十天半月。那时，它不会再退缩。

隆隆炮声，把蜷缩在芭蕉林里的黄狐从昏睡中惊醒，它睁眼一看，谷地上空划亮了一道道炽白的弹道，夜变得五光十色。山谷对面的阴山上，火光闪烁，一片通红，越南地堡，鹿岩和铁蒺藜飞上了天。紧接着，爆豆似的枪声和粗犷的呐喊声也响起来了。

我军收复神圣领土者阴山的战斗打响了。

它本能地挺立起来。枪炮声就是命令，它毫不犹豫地要冲上去，一迈步，左腿疼得钻心。它用三条腿一颠一颠小跑着。

梭达哨所已不见人影，它东闻闻，西嗅嗅，哦，那熟悉的气味已经下山谷了。它拼命追上去，越过泉流，穿过山谷，它终于在通向者阴山越军阵地的半山坡上追上了梭达哨所的战士。借着燃烧的火光，它看见他们都聚在一块巨大的磐石后面，前面是一片开阔地，长着齐腰深的山茅草。贾排长牵着黑狗，蹲在宋副连长身边。

"上！"宋副连长挥挥手。大个子杨班长率先跃出磐石，他身后跟着五六个战士。他们刚冲出去几步，突然轰轰两声，他们脚底下闪起两团红光，四个战士倒了下去。

"妈的，又是雷区！"宋副连长咬牙切齿地骂了一句，扭脸问道："还有别的路吗？"

"没有。"贾排长回答，"两边都是峭壁，只有这条路。"

"嘿！"宋副连长一拳击在磐石上。

"我去试试。"贾排长把牵着黑狗的皮带塞给宋副连长，刚要迈步，黑狗突然一口叼住他的裤腿，死也不松口。

"怎么啦？"贾排长回身拍拍黑狗的脑袋。

黑狗狂吠两声，朝开阔地跳跃着蹦哒着，竭力想挣脱皮带。

黄狐明白黑狗的意思，黑狗想替主人去趟雷，黑狗不愧是条军犬，军犬就应该在危急的关头用自己的生命保护主人的生命。

"我舍不得它去。"贾排长说。

宋副连长沉默了一阵，用嘶哑的嗓门说："为了胜利。"

贾排长解开了黑狗头颈上的皮带圈，恋恋不舍地搂着黑狗的脑袋，用宽大的手掌捋顺黑狗脊背上的毛，黑狗后腿微曲，前腿后蹲，做好快速冲击的准备。

黄狐看见黑狗眉心那块白斑，那么白，那么亮，像天上那轮满月。说时迟，那时快，黄狐突然从磐石后面窜出来，长嚎一声，越过黑狗，越过贾排长，冲向雷区。它拖着那条受伤的左腿，瘸瘸拐拐，在山茅草里踏行。它心里只有一个强烈的念头：它不能失去最后一个报效主人的机会。

"黄狐！"贾排长惊叫起来。

"汪！"黑狗动情地叫了一声。

它没有回头，拼命朝前冲去。它晓得地雷是怎么回事，那些个绊雷、踏雷、子母雷都是躲在地下的小妖怪，能把一切路过的生命吃掉。它也晓得，不管它冲击的速度有多快，总比不上那些活蹦乱跳的弹片。它死了并没有什么可惜的，它老了，残废了。让黑狗活下去，黑狗比它强，比它有用。

它感觉到身体绊着了一根根细铁丝；它感觉到爪子不时踏进凹陷的土坑；它感觉到爆炸声震破了耳膜；它感觉到身体周围闪耀起一团团火光；它感觉到大地掀起猛烈的气浪；它感觉到浓烈的硝烟堵塞了鼻孔；感觉到肌肉被弹片撕裂，骨头被弹片切碎；它感觉到浑身被肢解开了，血已快流干。但它突然产生了一种奇异的快感，作为军犬，它为自己能死在战场上感到骄傲。

它拼命往前冲啊冲，它想在死以前，多踏响几颗雷，开辟出一条战士冲锋陷阵的安全通道。

它倒在开阔地的尽头。

一只宽大的手掌，在抒顺它脊背上的毛。它想伸出舌头舔舔那只熟悉的手掌，可惜已经没有力气了。还有黑狗，它还没有来得及教会它在战场上千万不能宽仁，它无法去教了。但愿黑狗自己在实战中学会。黑狗是条聪明的军犬，能学会的，它相信。

它舒畅地吐出最后一口血沫。

嘹亮的冲锋号响了。

忠诚的品质，在战场上可以筑起敌我间坚固的防守，在生活中可以让生命之间建立信任和互爱。正是忠诚和爱，跨越了人与动物间的鸿沟，挽救了珍贵的生命，维护了正义和善良。向退役军犬黄狐致敬，为它光辉的生命鼓掌。善待忠诚并克服自私，完善自我，回敬生命。

雪域格桑

——此文为远方杨柳而作

黑鹤，当代作家，作品多涉及草地、动物题材，被誉为近年来文坛杀出的一匹"黑马"。代表作品有长篇小说《黑焰》《狼獾河》，小说作品集《重返草原》等。本文节选自其动物小说《黑焰》，题目为该小说曾用名，讲述了英勇的高原母獒格桑为保护主人和羊群而勇斗雪豹和狼群，最后离世的感人故事。

体大若驴，吼声如雷，甚为凶悍，善猎野兽，尤其野牛。

——《马可·波罗游记》第四十六章《关于西藏的介绍》

在祁连山脉我一无所获，没有精良的经费和装备，无法进入更深的区域。我没有见到雪豹的踪迹，别说足迹，连雪豹粪都没有见过一块。唯一搜集到的信息就是在二十世纪的八十年代，一只冬夜侵入羊圈的雌性雪豹被牧民猎杀。

那是一个对于我来说漫长的假期，走出祈连山，我直接取道青海，进入西藏。

在圣城拉萨流连了一个星期之后，我搭车进入藏北。我准备在美丽的藏北草原转上一圈，就回家。

但在那里，我遇到藏獒格桑。

为了用普通相机拍下一方碧蓝清澈的高原湖泊，我在湖边流连忘返，天快黑时才想起找住的地方。想要回到镇子上恐怕已经来不及了，还好看见不远处一个黑色的帐篷飘出一缕白色炊烟，我就向那边走了过去。经验告诉我，好客的牧民一定会接待我，他们怎么能让我缩在睡袋里度过高原冰冷的长夜呢。

我疲惫不堪地背着小山一样的背囊往黑色的帐篷走过去，远远地嗅到一股若有若无的淡淡的酥油的香味，这种刺激让我饥肠辘辘的肚腹更加难以忍受那种空荡的寂寞。

在我距离帐篷还有大约五百多米远的时候，三头毛茸茸的巨犬一路狂吠着冲了过来。

藏獒！

从我进入藏北之后，不时有人提醒我要提防高原上这种"体大若驴，吼声如雷"的獒犬，据他说只要这种牧羊犬在畜群旁边守护，豺狼就不敢对羊群轻举妄动。这种生性凶猛的巨犬对待陌生人更是相当不客气。

我抽出了掖在背囊里的在拉萨街头购买的藏刀，胆战心惊地准备奋力一搏。但是当这三头藏獒这么快跑到我面前的时候，我又老老实实地把刀收了起来。

它们看起来确实不同凡响，全身覆盖着浓密丰厚的长毛，而那些已经褪掉却没有脱落的毛发纠结成一团拖拖拉拉地挂在身上，更显出一种源自荒野的凶悍。童年在内蒙古草地的生活使我对牧羊犬并不陌生，也见过不少猛犬，现在才明白，当时草地的牧羊犬只是身体中流淌着部分藏獒的血液吧，即使如此，那些牧羊犬也凶猛无比，敢与夜晚侵入羊群的野狼鏖战。不过，那终究不是纯种的藏獒，现在我算是明白，这些藏獒简直就是那些草地牧羊犬的祖宗。

这三头冲过来的藏獒，头大嘴粗，腰身结实，爪子比我的拳头还大。我只用目测也可以断定，最大的那头红棕色獒犬的高度足有一米（当然是我在极度恐惧之下的视觉误差，最高大的巨型藏獒的肩高顶多也就是在八十厘米以上）。这哪是狗，简直是一群小狮子。假如你看过电影《鳄鱼邓迪》就会明白，我需要有一把邓迪那么大的刀才敢和这些藏獒对峙。

眨眼之间，三头巨犬已经把我围在当中，愤怒地冲着我号叫。那种叫声并不像狗的吠叫，乍听起来并不尖利，但却沉稳有力，穿透力极强，震得我双耳发麻。

因为自幼喜欢狗，所以长大之后我也拥有一项不能称之为特异功能的能力，就是可以接近任何狗，可以迅速地得到狗的信任。唯一失败的一回是一只受过严格训练的军犬。那也不应该算是失败，因为经过制式的训练，军犬已经丧失了一些狗类基本的天性。

我急切地向帐篷的方向张望，希望主人能快些出来，制止这三头誓要将我撕成碎片的猛犬。

我左面的那头黑色的大家伙已经不再满足于只是对我吠叫，已经跃跃欲试地准备发起进攻。我来得及观察剩下的另两头獒犬。其中一头黑白相间的还是只小狗——但也比我见过的任何一头狼犬的体型要大，只是跟着瞎起哄，闭着眼睛鼻子朝天没命地狂嚎。它没有多大的威胁。另一头也是这三头獒犬中最高大的，看起来最具危险性。它竟生着一身红棕发亮的长毛，腿上的裙毛长可及地。如果不是因为现在自己的处境危急，我一定会举起相机为这头漂亮的巨獒拍一张肖像。

它早已停止了无聊的狂吠，立在那儿若有所思地盯着我。

黑獒已不愿再等待，从宽阔的喉管中憋出令人毛骨悚然的低吼，扑了过来。对待这样一头粗壮的獒犬，我实在是无能为力，我已经没有力气再跑一步。这可是海拔四千多米的高原，光是站着都呼吸困难，何况跑呢。此时大概是被吓坏了，我那混乱的头脑里竟然想起小时候一位老人的忠告，在面对一只恶狗的时候，绝对不能掉头逃跑，否则只会被咬得更惨。

好吧。我只能一动不动地等着它过来，我能做什么？听天由命吧。

我已经看到了黑獒口中滴落的涎水，同时眼睛的余光中看到那头红棕色的也冲了过来。

两头巨獒应该可以毫不费力地将我撕成两片。坚硬的肉体沉闷地发出撞击声。我惊异地看见，扑过来的红色藏獒并没有撕咬我，而是一扭身撞开了企图袭击我的黑獒，并且挡在我的身前，阻挡着一击不成而气得眼珠发红的黑獒。

谢天谢地。这时，终于从帐篷里钻出一个人，头上盘着藏地特有的红色英雄结，腰间插着一把熠熠闪光的镶了银子的腰刀。

这个面孔被高原的强烈日光晒得黑红的彪悍汉子跑了过来，高声呵斥着还在狂吠的黑獒，于是它快快地低了头，领着还在意犹未尽地哼哼的小獒往帐篷的方向退去了。

红獒没有走，它不声不响地跟在我的身侧。我纵有胆量也没敢摸一摸这头救了我的大狗。

这一带少有人经过，我的到来让牧民次洛和他的妻子卓玛兴奋异常，立刻把我迎进了暖意融融的帐篷。

我在帐篷里落座品尝卓玛制作的血肠。刚杀的羊被破肚子，从羊的腹腔中取出还未凝固的血拌合着剁碎的羊肉灌进洗净的羊肠里，投进水锅中，水沸就算熟了。尽管如此我还是一口气吞掉了四五段里面还泛着血津的肉肠。这总要比露宿在草地上啃方便面舒服得多。打着饱嗝的我向次洛提到了那头救我于水深火热的红獒，此时它正卧在帐外被火红色的夕阳渲染得浓艳欲滴的草地上。

"那是格桑。刚生了小狗不长时间。"次洛对我说，"要不是它挡着，怕是你的腿早给咬断了。"刚刚结婚不久的次洛并不缺乏幽默，只是他的汉语说得生硬一点，但并不妨碍我们的交谈。

于是我知道，帐外此时看守着羊群的红色藏獒的名字叫做格桑。它让我逃脱了被黑獒咬伤的厄运。

因为语言的差异，关于雪豹这个名词我耗用了一定的时间，最终我们才达成统一，以确定我们所说的是同一种动物。

次洛告诉我，前一段时间他在断崖上看到过一只雪豹。他那不以为然的表情好像雪豹就是他家养的一只羊。

草地的尽头确实有一处怪石嶙峋的山崖，那是远处迤逦而下雪山的断脉。

无论是不是可以见得到那只雪豹，还是它已经离开，我还是决定到那里去看一看。第二天早晨，天刚蒙蒙亮，我打点行装准备出发的时候，次洛除了让他美丽的妻子卓玛给我带够了足足的干肉，还告诉我，看见雪豹，千万不要靠得太近，然后冲着羊群里高叫了一声："格桑！"

红獒格桑分开羊群跑了过来，立在次洛的面前，抬起硕大的头，一双炯炯有神的琥珀眼睛注视着它的主人。

"带上它。它能帮你。"次洛在格桑披覆着长毛几乎遮盖住了眼睛的头上轻轻抚摸了几下，对我说。

"带上它？它能听我的话吗？"尽管有这样一头猛犬护身令我惊喜不已，我还是对是否能让它跟随在我身边充满疑虑。

"过去。"次洛好像是为了在我面前炫耀一下自己的牧羊犬，他对格桑喊了一声，然后又指了指我。

格桑抬头看了次洛一眼，用那双被雪山圣湖荡涤得纯澈如水的眼睛注视了我一会儿，然后慢慢地走到我的脚边，不以为然地嗅了嗅我的裤角，蹲下，目视前方。

我带着这头新结识的伙伴踏上寻找雪豹的路。

我又一次目睹了雪域高原的恢宏的日出。金红色的朝阳从冰峰的后面缓慢而坚决地升起，锐利的阳光像利剑切开天际的层层云雾，于是极远处一座我不知晓名字的冰峰像一个被珍藏多年的隐秘神话从迷雾中浮升而出，并被染为一种半透明的金黄色，放射出夺目的光芒；结覆了淡淡清霜的草地也被披上一层令人叹为观止的金色的轻纱。我回头，青色的营地正袅袅升起一缕若隐若现的白色轻烟，作为一种草地上特有的仪式，我知道那是次洛在煨桑。把糌粑粉撒在点燃的干牛粪上，于是一股淡淡的散溢着糌粑清香的烟雾就弥漫了营地。这是牧民们每天清晨必不可少的一个仪式，以此来祈求生活幸福。

金色的雪峰，金色的草地，蓝得无可挑剔的天空，洋溢着宁静气息的夏季营地……实在是少有的美景。我急急忙忙地取出相机，噼里啪啦地一阵乱拍。格桑对我的举动显然迷惑不解，有些好奇地盯着我手中的相机，刚开始我每一次揿动快门它都惶恐地停住，死死地盯住相机，但是很快它就对相机失去了兴趣，兀自向前跑去，一身蓬松漂亮的长毛随风飘扬，跑出十几步远，回头看我没有跟上来，它就无可奈何地停下来，回头望着对这片美丽的土地心醉神驰的我，等着我跟上去。认为拍够了足足一卷胶卷之后，我兑现了自己昨天的诺言，给格桑拍了三张不同姿势的相片。它并不紧张，做出宽容大度的样子，只是漫不经心地望着这架不时咔咔作响的机器。我想这可真是一次非常不错的出行，但我想错了。

当次洛的营地在草地中消失的时候，我已经到了昨天看到的那处山崖的脚下。这是远处的雪峰延展而来的一处断落的支脉。我已经气喘吁吁，呼吸困难。不知道海拔又升高了多少米，我的体质已经算相当不错了，高原反应并不严重，在拉萨我亲眼看见一个从美国来的游客由于严重的高原反应晕倒在地，被送进了医院。

我在次洛家已经减轻了行装，把背囊和睡袋都扔在帐篷里，只带了一个装着望远镜和相机的小背包轻装前进。我信手从背包里取出望远镜，开始在这条雪山断脉的皱褶间细致地搜索。镜头里出现了大小不一、狰狞可怖的青灰色的石块，我仔细地在每条罅隙以及岩石的阴影中耐心地寻找。石头，石头，到处都是石头，连一棵绿色的草都没有，当我对这些没完没了的石头感到厌倦准备放下望远镜时，镜头无意中扫过了一个山石的岬角。

一个青灰色的影子。

我抑制着自己狂乱的心跳，把镜头一点点地移回到刚才的位置。在逐渐清晰的暗蓝色的视野中，一只豹的斑斓的影子像奇迹一样出现了。我说过，西藏是一个神奇的地方，总是有奇迹出现。

我惊诧得屏住了呼吸。一只俊美的雪豹，全身遍布着银灰色的长毛，上面点缀着黑褐色的斑纹，一条粗壮的长尾拖曳在岩石上，因为阳光所以它能呈现出一种与雪峰一样的金色。我一点点调整着望远镜，使它达到最佳的状态。于是我轻而易举地看清了它蓬松柔软的银色长毛的毛尖在高原的风中拂动。那是一双多么机警敏锐的金黄色的眼睛，只有生活在真正的雪山中的雪豹才能拥有一双如此的眼睛。在动物园里，你永远不可能看到一只真正意义上俊逸的动物，也许它看上去很漂亮，但那已经是被剥夺了自由的无可奈何的不再洒脱的生灵。这就是为什么野生的大熊猫比动物园中的更加洁净有活力的原因了。

它好像是在趴着晒太阳，并没有发现我和格桑。我开始攀登陡峭的岩壁，格桑一声不响地跟在了我的后面。

我爬上一块光裸的岩石之后，小心翼翼地趴下，没想到格桑也在我的身边趴下，没有发出一点声音。强劲的风向我们这边吹来，这正合我意，嗅觉灵敏的雪豹不会嗅到我们的气味而逃之夭夭。肉眼看去，雪豹栖身的那块巨大的岩石上只有一个模糊不清的小黑点。我后悔自己没有带长镜头，否则我现在就可以将它摄入我的镜头。雪豹已经开始向这边张望，我以为它已经发现了我们，连忙低下了头。正在此时，下方的低地里传来一声岩石坠落的声音。

我小心地探出头，是大大小小十几只岩羊，正在下面一片陡峭的岩壁上晒太阳。它们生着惟妙惟肖与山岩一样的银灰色，不仔细看会以为那是一堆怪石。

在短短的这么一段时间里竟然能看到这么多的动物实在是大大出乎我的意料。我压抑着自己几乎要喊出声来的兴奋，没有轻举妄动。我伏下身子，从自己处身的岩壁下绕了过去。我已经观察过了，下面是一个盆形的谷地，而谷地唯一的裂口在我前面不远岩脊的下面，一缕闪烁着亮光的高山冰雪融水从裂口下的乱山间穿梭。岩羊大概就是来这儿喝水的。

我埋伏在岩脊处一个在下面无法发现，而我又可以轻而易举地俯瞰羊群的岩石凹缝里。我相信正往这边来的雪豹就是为了捕食这些岩羊的。格桑静静地伏在我的身边，聚精会神地注视着那些在岩石间休憩的如塑像般凝立不动的岩羊，倒不用让我为它担心是否会肆无忌惮地对着下面的岩羊狂吠。尽管我不知这头牧羊的獒犬以前是不是出来和次洛一同打过猎，但毫无疑问它具有一头优秀猎犬的素质。

相机仍然无法摄到岩羊，距离太远。在望远镜里，这个高原部落可是近在咫尺。立在一块突出的岩石上放哨的是一只巨大的老公羊，它头上那两根弧形的长角简直是一双锋光四射的利剑，直直地指向天空。它不时警觉地扭动着粗硕的脖颈四下逡巡。但我几乎立刻就发现了它的缺陷，头顶对它来说好像是个死角。我深为自己的选择而庆幸。其余的十几只羊懒懒地或立或卧，享受着高原上炽热的阳光。我让望远镜一次次地在一只显然刚出生不久的小岩羊身上流连，那实在是一只可爱至极的浑身生满茸毛的小东西，水灵的棕黑色大眼睛左顾右盼，头上刚刚萌出淡淡的一截角尖，不时从卧着的岩石上站起来，快活地摇晃着白色的小尾巴，吸食母羊的奶头。

突然而至的混乱让我猝不及防，顷刻之间岩羊以令人难以置信的矫捷冲下岩坡，向盆地里奔去，接近七十度的乱石纵横的岩坡，羊群竟如履平地。我仔细地调整角度，终于发现了令羊群溃逃的原因。雪豹已经不知何时出现在这片岩坡上，一只没来得及逃脱的岩羊正在它的利爪下抽搐，痉挛的健美长腿神经质地宣告一个生命在这个世界上的消逝。真不知道它是怎么从岩壁上下来的。我在一本科普读物上读过，据说十几米宽的山涧雪豹可以一跃而过，四五米高的山岩纵身就可跳上，当然确实感觉有些不合实际，但看起来雪豹确实实力超人。

这正是自然界弱肉强食的法则，生命形势正是这样循环往复，生生不息。

当这只色彩斑斓的雪豹抬起头来，傲慢地舔舐着嘴角时，那双精光四射的还沁着血气的眼睛俯视着正在惊恐万分地穿越盆地，准备从我身下的罅口中突围的岩羊群。它仍没有发现我。我猛然警醒过来，它们从这里冲出去之后，我可再也没有机会拍摄这些机敏的高原动物了。我急忙拎着背包慌手慌脚地爬下这块和缓的岩坡，在只有四五米宽的罅口边的一块岩石后躲好，格桑也在我的身边趴下。

随着一阵清越的急促蹄音，一队岩羊挟着风声呼啸而过，我的眼前闪过一个个迅疾得难以想象的灰色的影子，这让我联想起在高速公路上加速的高级跑车。我哆嗦着调好光圈，将这一个个肆意驰骋的生灵摄入镜头。等所有的岩羊如狂飙般消失在远处的更高大的山脊中时，周围一片沉寂，似乎一切都已停滞，我只能听到自己剧烈的心跳声。我等待着，等待着那雪域的精灵拖着它的猎物姗姗而来。我知道它拖着猎物绝对不可能爬上盆地周围的峭壁。

格桑的喉中进出沉沉的低吼。我紧张地拍了拍它粗壮的脖颈，它立刻缄口。收回手我才意识到这是我第一次触摸它，我有些后怕地瞥了它一眼，它并没有为我的冒犯所愤怒，死死地盯着那空荡的罅口，颈的上鬣毛威武地耸起。格桑已经嗅到了那来自山野的气息。

我知道，它来了。

当拖曳着已经僵硬岩羊的雪豹刚刚从罅口中现出丰硕的腰身时，我的不听使唤的手情不自禁地揿动了快门。

只是轻轻的"啪"的一声，雪豹竟被惊得在原地高高弹起足有两米高，这令人不可思议的爆发力使我不由自主地站了起来，举起相机。雪豹张开四爪落地之后，看清我们只是一人一狗时，竟并没有像我预想的那样逃走，在猎物旁不紧不慢地踱着方步，轻蔑地望着我。

疯了，我还从来没有见过这么嚣张的家伙。

格桑重重地撞了一下我的小腿。它正仰起头乞求似的看着我，我明白它的意思，它是希望我和它一起走。我已经被冲昏了头脑，举着相机轻轻地往前移动，格桑叼住我的牛仔裤的裤角。我没有理会，继续往前走。

雪豹在镜头里越来越清晰，我甚至可以看见它银白色的坚硬长须和微张着的口中抖颤的红润舌面上锋利的骨刺。等我看到雪豹倒伏下削立的双耳压低像弹簧一样柔韧的腰身——动物园里的雪豹在饲养员投入一只活鸡时就是摆出这样的姿势，这是进攻的信号——我意识到危险时已经晚了。

我大脑中闪过在一本自然读物上看到关于印度尼西亚黑豹的介绍，我清楚地记得那上面提到一只黑豹一秒钟可以跳十五米。这只雪豹绝对不会比黑豹逊色。我现在和它距离也就是五米，那么它扑来叼住我的喉管应该不会超过三分之一秒。三分之一秒。我想自己没有躲避的机会。

跳过来的雪豹的腹部像雪一样洁白，我虚弱地放松了手中的相机。豹在行动的时候总是不发出一丝声音。

一声来自我身后的低沉的吼叫。随后，一团耀眼的红棕色在我的面前封住了同样炫目的银白。

等我清醒过来时，红獒格桑已经和雪豹在我面前滚做一团，两只不同品种的兽发出令我感到毛骨悚然的颤抖的嚎叫，互相寻找对方最柔软的部位下口。我听到了牙齿触碰的锵锵声。我几乎无法分辨缠成一团的哪个是格桑，哪个是雪豹。

眨眼之间，它们又喘息着分开了。雪豹布满黑色斑纹的脖子上被撕开一道口子，格桑的下颌也被雪豹的利爪划出三道清晰的血痕。格桑往我这边看了一眼，见我站着没动，焦躁地哼了一声。我木然的大脑好像明白了它的意思，它是让我赶快走。我顿时萌生一种莫名的感动，我从没想到一只狗为了搭救一个陌生人会去对抗一只豹。

雪豹的侧腹急剧地翕动着，金黄色的眼中仍是那种不以为然的傲慢。很显然，它在酝酿再一次进攻。

聪明的雪豹很快搞清了我和格桑的主次关系。它试探着向我这边踏出了几步，格桑立刻轻嚎一声以示警告。它几乎在没有任何征兆的情况下突然一个弹跳，又向我扑过来。

格桑向雪豹的腰上撞去——它可不像表面看起来那样笨重，雪豹迫不得已只好再次回头和格桑周旋。此时我猛地想起一个动物学家用闪光灯惊退尾随山狮的故事。我立刻打开了闪光灯，对着近在眼前和格桑咬成一团的雪豹就来了一张。在一道强烈的闪光中，纠缠在一起的毛团立时分开。雪豹以惊人的速度几个腾越跳回了猎物附近，心有余悸地怯怯地望着这边。格桑也有点不知所措地看着我。

我没有再揿动快门，一个把戏用的次数太多了就很容易被识破，而且我的本意并不想惊扰这只漂亮的野兽，所以我叫了一声格桑，谨慎地后退。

雪豹蹲在猎物边并没有阻止我们的举动，于是格桑也掉过头跟我往营地的方向走。走出很远，我回头看了一眼，那只被搅了美餐的雪豹一动不动地立在自己的猎物旁，还在向这边张望。

回到营地，天已经快黑了，身上还带着伤的格桑奔向了帐篷边的一垛新剪下的羊毛中，从打成捆的羊毛中应声轻吠着跑出四只蹒跚不稳浑圆可爱的刚刚满月的小藏獒，它们争先恐后地在已经疲惫不堪地卧在羊毛上的格桑的腹间争夺。它们已经一天没有吃奶了。格桑则爱怜地依次舔舐这些蜂拥而上的小狗。

吃饭时，次洛叫醒了在帐篷一角睡得正香的我。

卓玛做的晚饭是土巴，一种由面和肉块煮成的稠粥。我饥不择食地用非常精美的木碗喝完两碗土巴之后，才面带愧色地把一天的遭遇讲给了次洛和卓玛。

"不简单。"听我说完，次洛翘起了大拇指对我说。

我也不知道他是在称赞我还是格桑。

"能从豹的爪子下逃出来，真是不简单。"次洛亲热地拍着我的肩。

"多亏了格桑，要不是它，我怕是给雪豹咬死了。"我坦率地对格桑的主人表明了自己对这头藏獒的好感。

"那当然！"次洛笑着对我说，"去年夏天，一个台湾的旅游团路过这儿，要出五十万台币买格桑，我都没卖。牧羊人怎么能卖自己的牧羊犬呢。要不然，我也不会让格桑和你一起去。"

真应该感谢次洛的英明，如果格桑被卖掉了，真不知道结果是怎么样。

第二天早晨下起了小雪，我只好放弃了离开的计划，等雪停了之后再搭过路的卡车回拉萨。我也有时间观察一下格桑和它的小狗。小狗在格桑的腿间玩耍时，它的眼睛仍然紧紧地盯着在草地附近吃草的羊群。在它的身上，我看不到那种围在主人的腿边讨媚般地蹿前蹿后的活跃，它时时刻刻都从眼中渗透出一种雪山般的凝重。我把背包里剩下的两根火腿肠取出来，喂给它和这些活泼的小狗。格桑并没有动我手中的火腿肠，只是喝掉了卓玛给它倒在盆里的牦牛奶。四只小狗欢天喜地地哼哼着分食了两根火腿肠。那两头獒犬有点妒忌地在一边注视着。

我发现格桑脖子上的伤口已经被涂上了厚厚的酥油。

雪下了一个星期。

危险在一个大雪的夜晚再次出现。

夜里我躺在温暖的帐篷里身上裹着睡袋昏昏欲睡，一阵可怕的吠叫打破夜的宁静，三头藏獒在对着无边的草地发出一连串恫吓般的嚎叫。

卓玛点亮了灯，我学着身披皮袄的次洛的样子披着自己的睡袋和他一起钻出了帐篷。

次洛打开了手电筒，一道明亮的光柱刺破黑暗的夜幕。羊群在纷纷扬扬的雪片下挤成一团，瑟瑟发抖。三头藏獒已经停止了狂吠，虎视眈眈地警觉地望着雪野的深处。

次洛用电筒向远处晃了几下，什么也没有。

"可能有野兽。"次洛忧心忡忡地喃喃自语。他看了一眼冻得直打哆嗦的我，拍拍我的肩，笑着说："走吧，回帐篷吧，咱们在这儿也没用。"

进帐篷之前，我看了格桑一眼。它的长毛上已经盖上了厚厚的一层雪，却仍然目不转睛地紧盯着雪原深处。

帐篷外再没有声音。

我不知睡了多久，又一次被帐篷外巨大的声响惊醒。暴烈的厮咬声，受伤的哀嚎。帐篷外乱成一团，好像是牧羊犬和什么东西发生了激战。

我抽出背囊里的小藏刀就要往外跑，却被次洛拉住了，"别去，你什么也看不见，再说你也帮不上忙。"

他的话刚刚说完，帐篷外就一片沉寂。

我和次洛一同钻出帐篷。电筒光下，雪地里一片狼藉，洒落着星星点点的黑色血迹。羊群死死地挤成一团。我还是头一次见到这样惨烈的场面。在离羊群不远的雪地里，我看见了格桑，它紧紧地咬着一头巨大的软瘫在地的黑色狗样的东西。我做出判断，是头企图趁雪夜潜入羊群的狼。狼的脖子显然已被格桑咬断，血还在不断地滴沥在雪地上，还没有死，仍在有气无力地挣动。次洛抽出腰间的长刀，刺进了它的心脏。格桑却仍不松口。这时我才发现，格桑的侧腹露出一个巨大的伤口，一摊肠子已经流淌在雪地上。我一点点地撬开它的嘴。它已经没有力气移动了，只是伸出舌头舔舔我的手。

在不远处，躺着另一头被咬死的狼。

黑獒和那只小獒正在静静地舔着自己身上的伤口，它们只是受了一点轻伤。

在暴风雪中找不到食物的狼群被逼疯了，以致铤而走险，夜袭羊群。

我和次洛把奄奄一息的格桑抬进了帐篷。在卓玛给格桑包扎伤口时，发现了在它咽喉处又一道触目惊心的裂口，露出了里面白色的骨茬。

我翻出背囊所有的随身药品，但这些显然对它伤势毫无用处。

天刚蒙蒙亮时，睡在火炉边的格桑突然睁开了眼睛，跌跌撞撞地站了起来。一直守在它身边的我惊喜地对次洛喊："好了，好了，它没事了！"

次洛却并没有像我一样，他的眼中闪烁着一丝忧郁的目光。

格桑摇摇晃晃地走出了帐篷，先是到羊毛垛里嗅了嗅还在睡觉的小獒，然后向着天际在一带鱼肚白中莽莽苍苍的雪山缓缓但是坚决地走去了。

我想上去阻止它，可是被次洛挡住了。他告诉我，每一头藏獒在意识到自己的生命即将走到尽头时都会独自走向雪山，没有人知道它们为什么要去那里，也许那是它们冥冥之中的最后的温暖家园吧。

黑獒和小獒蹲在营地边上，目送着格桑慢慢地消失在雪后初霁的荒原上。

卓玛已经在帐篷前煨起了一缕在初升的阳光中幻为金色的桑烟，那是在为獒犬格桑送行吧。

我准备离开时，次洛从羊毛垛里取出一只红棕色的小獒，送到我面前，对我说："拿着吧，这是小格桑，我看你喜欢小狗。"

我把这只懵懵懂懂的肉乎乎的小獒抱在怀里，它像一只小鸟一样细细地叫着，还试着舔我的手指。像它的妈妈一样，它生着一双像高原湖泊般纯净的蓝眼睛。

我还是把这只可爱的小獒还给了次洛。

我坐着拉羊毛的卡车拐出很远，回头看到次洛和他的妻子卓玛还站在营地边上向我招手。

我告诉次洛拒绝这只小狗的原因是因为飞机上不让带小动物。其实如果办理托运也未尝不可，但我实在无法想象一头离开高原牧场的藏獒会变成什么样子。我见过一些被养在别墅里的獒犬，与其说是借助它们不惧猛兽的凶悍行使看护本能，倒不如说那些饲养者就是出于一种猎奇般的炫耀。因为这些藏獒本身极其珍贵，倒要饲养一些狼犬来看护它们不被盗走。而那些被刷洗得干干净净一尘不染住在空调犬舍里的藏獒已经全然没有了生活在高原上的气质，而且因为饱食终日而体态臃肿，健康欠佳。它们并不适应平原的生活。

这只体内蕴涵着高贵藏獒血统的漂亮小獒，和它的母亲格桑，还有那只俊美的雪豹，甚至那群饥饿的狼，它们，只能属于这美丽而神秘的雪域高原。

回去，我会给朋友们讲一讲在藏北高原上，一头在生命的尽头独自走向雪山的獒犬的故事。

"格桑"，一种在藏语中象征幸福与吉祥的高原花朵，是英勇的藏獒格桑的名字。它不仅是青藏雪域上的一抹亮色，更是人类心中勇敢和坚忍的化身。身遇危险，它毫无畏惧，不仅守卫着牧民的羊群，更是他们生命的守护神。在小藏獒眼里，它是温柔的母亲；同伴眼中，它是最机灵强壮的头领；而在"我"心里，一辈子都无法忘却格桑对我的深厚恩情。

夏洛的网（节选）

E.B.怀特（1899—1985），20世纪美国当代著名散文家、评论家、儿童文学作家。《夏洛的网》《吹小号的天鹅》《精灵鼠小弟》是其一生为孩子们创作的三本童书，家喻户晓。本文节选自童话《夏洛的网》，讲述了蜘蛛夏洛为救小猪威伯而牺牲自我的故事，颂扬了友谊与奉献。

最后一天

夏洛和威伯又单独在一起了。这两家人都去找芬了。坦普尔曼睡着了。参加完激动而紧张的庆典的威伯正躺在那里休息。他的奖章还在脖子上挂着；他的眼睛正望着从他躺的位置可以看到的角落。

……

等情绪稳定下来后，他又继续说起来。

"为什么你要为我做这一切？"他问，"我不值得你帮我。我从来也没有为你做过任何事情。"

"你一直是我的朋友，"夏洛回答，"这本身就是你对我最大的帮助。我为你织网，是因为我喜欢你。然而，生命的价值是什么，该怎么说呢？我们出生，我们短暂地活着，我们死亡。一个蜘蛛在一生中只忙碌着捕捉、吞食小飞虫是毫无意义的。通过帮助你，我才可能试着在我的生命里找到一点价值。老天知道，每个人活着时总要做些有意义的事才好吧。"

"噢，"威伯说，"我并不善于说什么大道理。我也不能像你说的那么好。但我要说，你已经拯救了我，夏洛，而且我很高兴能为你奉献我的生命——我真的很愿意。"

"我相信你会的。我要感谢你这无私的友情。"

"夏洛，"威伯说，"我们今天就要回家了。展览会快结束了。再回到谷仓地窖的家，和绵羊、母鹅们在一起不是很快活吗？你不盼着回家吗？"

夏洛沉默了好一会儿。然后她用一种低得威伯几乎都听不到的声音说："我将不回谷仓了。"

威伯吃惊得跳了起来。"不回去？"他叫，"夏洛，你在说什么？"

"我已经不行了，"她回答，"一两天内我就要死去了。我现在甚至连爬下板条箱的力气都没有了。我怀疑我的丝囊里是否还有足够把我送到地面上的丝了。"

听到这些话，威伯立刻沉浸到巨大的痛苦和忧伤之中。他痛苦地扭动着身子，哭叫起来。

"夏洛，"他呻吟道，"夏洛！我真诚的朋友！"

"好了，不要喊了，"夏洛说，"安静，威伯。别再哭了！"

"可是我忍不住，"威伯喊，"我不会让你在这里孤独地死去的。如果你要留在这里，我也要留下。"

"别胡说了，"夏洛说，"你不能留在这里。祖克曼和鲁维还有约翰·阿拉贝尔以及其他人现在随时都会回来，他们会把你装到箱子里，带你离开的。此外，你留在这里也没什么好处，这里不会有人喂你的。展览会不久就会空无一人的。"

威伯陷入了恐慌之中。他在猪圈里转着圈子跑来跑去。突然他想起了一件事——他想到了卵囊和明年春天里将要出世的那514只小蜘蛛。如果夏洛不能回到谷仓里的家，至少他要把她的孩子们带回去。

威伯向猪圈前面冲去。他把前腿搭在木板上，四处察看着。他看到阿拉贝尔一家和祖克曼一家正从不远处走过来。他知道他必须赶快行动了。

"坦普尔曼在哪里？"他问。

"他在稻草下面的角落里睡觉呢。"夏洛说。

威伯奔过去，用他有力的鼻子把老鼠拱上了天。

"坦普尔曼！"威伯尖叫道，"醒醒！"

从美梦中惊醒的老鼠，开始看起来还迷迷糊糊的，随即就变得气愤起来。

"你这是搞什么恶作剧？"他怒吼，"一只老鼠挤个时间安静地睡一小会儿时，就不得不被粗暴地踢上天？"

"听我说！"威伯叫，"夏洛快死了，她只能活很短的一段时间了。因此她不能陪我们一起回家了。所以，我只能把她的卵囊带回去了。可我上不去，我不会爬。你是唯一能帮我的。再等一秒种就来不及了，人们就要走过来了——他们一到就没时间了。请，请，请帮帮我，坦普尔曼，爬上去把卵囊带下来吧。"

老鼠打了一个哈欠。他梳了梳他的胡子，才抬头朝卵囊望去。

"所以！"他厌恶地说，"所以又是老坦普尔曼来救你，对吧？坦普尔曼做这个，坦普尔曼做那个，请坦普尔曼去垃圾堆为我找破杂志，请坦普尔曼借我一根绳子，我好织网。"

"噢，快点！"威伯说，"快去，坦普尔曼！"

可老鼠却一点儿也不急，他开始模仿起威伯的声音来。

"所以现在该说'快去，坦普尔曼'了，对不对呀？"他说，"哈，哈。我很想知道，我为你们提供了这么多的特别服务后，都得到了什么感谢呀？从没有人给过老坦普尔曼一句好听的话，除了谩骂、风凉话和旁敲侧击之外。从没有人对老鼠说过一句好话。"

"坦普尔曼，"威伯绝望地说，"如果你不停止你的议论，马上忙起来的话，什么就都完了，我也会心碎而死的，请你爬上去吧！"

坦普尔曼反而躺到了稻草里。他懒洋洋地把前爪枕到脑后，翘起了二郎腿，一副完全与己无关的自得模样。

"心碎而死，"他模仿道，"多么感人呀！啊唷，啊唷！我发现当你有麻烦时总是我来帮你。可我却从没听说谁会为了我而心碎呢。哦，没人会的。谁在乎老坦普尔曼？"

"站起来！"威伯尖叫起来，"别装得跟一个惯坏了的孩子似的！"

坦普尔曼咧嘴笑笑，还是躺着没动。"是谁一趟趟地往垃圾堆跑呀？"他问，"为什么总是老坦普尔曼！是谁用那个坏鹅蛋把阿拉贝尔家的男孩子臭跑，救了夏洛一命呀？为我的灵魂祈祷吧，我相信这件事又是老坦普尔曼做的。是谁咬了你的尾巴尖儿，让今早昏倒在人们面前的你站起来的呀？还是老坦普尔曼。你就没想过我已经厌倦了给你跑腿，为你施恩吗？你以为我是什么，一个什么活都得干的老鼠奴仆吗？"

威伯绝望了。人们就要来了，可老鼠却在忙着奚落他。突然，他想起了老鼠对食物的钟爱。

"坦普尔曼，"他说，"我将给你一个郑重的承诺。只要你把夏洛的卵囊给我拿下来，那么从现在起每当鲁维来喂我时，我都将让你先吃。我会让你先去挑选食槽里的每一样食物，在你吃饱之前，我绝不碰里面的任何东西。"

老鼠腾地坐了起来。"真的吗？"他说。

"我保证。我在胸口画十字保证。"

"好极了，这是个划得来的交易。"老鼠说。他走到墙边开始往上爬。可是他的肚子里还存着许多昨天吃的好东西呢，因此他只好边抱怨边慢慢地把自己往上面拉。他一直爬到卵囊那里。夏洛为他往边上挪了挪。她就要死了，但她还有动一动的力气。然后坦普尔曼张开他丑陋的长牙，去咬那些把卵囊绑在棚顶的线。威伯在下面看着。

"要特别小心！"他说，"我不想让任何一个卵受伤。"

“它粘到我嘴上了，”老鼠抱怨道，“它比胶皮糖还黏。”

但是老鼠还是设法把卵囊拉下来，带到地面，丢到威伯面前。威伯大大松了一口气。

“谢谢你，坦普尔曼，”他说，“我这一辈子也不会忘记的。”

“我也是，”老鼠说着，剔剔他的牙，“我感觉好像吞下了满满一线轴的线。好吧，我们回家吧！”

坦普尔曼爬进板条箱，把自己埋到稻草下面。他消失得正是时候。鲁维、约翰·阿拉贝尔和祖克曼先生那一刻正好走过来，身后跟着阿拉贝尔太太和祖克曼太太，还有芬和埃弗里。威伯已经想好怎么带走卵囊了——这只有一种可能的方法。他小心翼翼地把这个小东西吞到嘴里，放到了舌头尖上。他想起了夏洛告诉过他的话——这个卵囊是防水的，结实的。可这让他的舌头觉得痒痒的，口水开始流了出来。这时他什么也不能说了，但当他被推进板条箱时，他抬头望了一眼夏洛，对她眨了眨眼。她知道他在用他所能用的唯一方式，在对自己说再见。她也知道她的孩子们都很安全。

“再—见！”她低语。然后她鼓起全身仅剩的一丝力气，对威伯挥起一只前腿。

她再也不能动了。第二天，当费里斯大转轮被拆走，那些赛马被装进货车拉走，游乐场的摊主们也收拾起他们的东西，把他们的活动房搬走时，夏洛死了。这个展览会不久就被人遗忘了。那些棚屋与房子只好空虚地、孤单单地留在那里。地上堆满了空瓶子之类的废物和垃圾。没有一个人，参加过这次展览会的几百人中，没有一个人知道：那只大灰蜘蛛在这次展览会上扮演了一个最重要的角色。当她死亡时，没有一个人陪在她的身旁。

和畅的风

威伯就这样回到他在谷仓地窖里的、牛粪堆旁的家。他回来时的样子很奇特：脖子上挂着一枚荣誉奖章，嘴里含着一个蜘蛛的卵囊。没有一个地方像家里这么温暖，当他把夏洛的514个没出世的孩子小心地放到安全的角落后，他想，谷仓里的味道真好。他的朋友们，绵羊和鹅们都很高兴看到他回来。

鹅们以他们特有的方式表示欢迎了。

"恭—恭—恭喜！"他们喊着，"干得漂亮。"

祖克曼先生把奖牌从威伯脖子上摘下来，挂到猪圈上方的一根钉子上，这里很容易被参观者看到，威伯也可以随时看到它。

　　往后的日子里，他过得非常幸福。他长得出奇的大。他不再担心被杀掉了，因为他知道祖克曼先生会让他一直活下去的。威伯也经常想到夏洛。她旧网里的几根残丝仍然在门框上挂着。每天威伯都会走到那里站一会儿，望望那张残破不堪的空网，这时他就会哽咽起来。从没有人有过这样一个朋友——这样亲密的，这样忠诚的，这样聪慧的朋友。

　　秋天过得很快，鲁维把丝瓜、南瓜们从园子里堆藏到谷仓里面，在这里它们才不会被霜夜的寒冷冻坏。枫树和桦树们变得分外鲜艳，在秋风的吹动下，它们的红叶子一片一片地落到了地上。草场里的野苹果树下，可爱的小红苹果躺得满地都是，绵羊和鹅们都来吃它们，夜里狐狸们也会来吞食它们。圣诞节前的一个夜里，开始下雪了。房子上、谷仓里、田野间、树林中，到处都覆盖着雪。威伯以前从没见过雪。当他早晨起来后，就到院子里去拱雪堆，感觉这特别有趣。芬和埃弗里拖着雪橇走过来了。他们顺着小路往外滑去，一直滑到草场那边结冰的池塘上。

"坐雪橇是最有意思的了。"埃弗里说。

"最有意思的是，"芬反驳，"是在费里斯大转轮停在那里，我和亨利走进最高的位子，然后亨利就让我们的座位摇晃着往前走的时候。那时我们能看到每一件东西，不管它是在多么远、多么远的地方。"

"老天，你还在想着那个大转轮呀？"埃弗里不屑地说，"展览会是很多很多星期前的事了。"

"我可是时刻都在想着。"芬说着，掸了掸耳朵上的雪。

圣诞节后，温度计上的指数落到零下十摄氏度了。寒冷统治了世界。草场上变得一片凄清。母牛们现在整日待在谷仓里了，除非在阳光充足的早上，他们才会走出来，在院子里稻草堆旁的避风处站一会儿。为了取暖，绵羊们也待在谷仓里，很少出去了，渴了他们就吃雪。鹅们就像男孩子们在药店里一样，在院子里无精打采地走着。为了让他们高兴，祖克曼先生给他们喂玉米和芜菁。

"非常，非常，非常感谢！"当他们看到送来的食物时总是这么说。

冬天来时，坦普尔曼搬到屋里来住了。他在猪食槽下的家已经变得太冷了，因此他在谷仓后的粮仓里给自己造了一个安乐窝。他往那里垫上了碎报纸和破布条，还把任何他能找到的东西都储存在那里。他仍是每天拜访威伯三次，都正好在吃饭的时候出现，威伯也一直遵守他许下的诺言，让老鼠先吃。等到老鼠撑得不能往嘴里塞任何东西时，威伯才过来吃。由于吃得太多的缘故，坦普尔曼长得越来越大，比你见过的任何一只老鼠都要肥。他简直成了一只"庞然大鼠"了，几乎和一只小土拨鼠不相上下。

一天，老羊对他说起了他的个头。"你可能活久一点的，"老羊说，"如果你少吃一点的话。"

"谁想永远活下去？"老鼠轻蔑地说，"我天生就是个特别能吃的，正是从吃喝上面我才得到了无穷的满足。"他拍拍肚子，对绵羊冷笑了一声，爬上楼躺下了。

整个冬天威伯都在照看着夏洛的卵囊，好像在呵护他自己的孩子一样。他在离栅栏不远处的牛粪堆旁，给卵囊腾出了一个特别的地方。每个寒冷的夜晚，他都躺在那里，让自己的呼吸使它温暖。对威伯来说，他的生命中没有一件东西比这个小圆球更重要。他耐心地等着冬天的结束和小蜘蛛们的到来。当你在等待什么发生或被孵出来时，生活总是变得漫长而又单调。可冬天终于还是过去了。

"我今天听到青蛙叫了，"老羊一天晚上说，"听！

现在你就能听到他们。"

威伯静静地站着，竖起了耳朵。从池塘那边，传来了数百只小青蛙的高声合唱。

"春天，"老羊深思着说，"又一个春天。"当她走开时，威伯看到她身后跟着一只新羊羔，它才被生下来一小时。

积雪融尽了，小溪和壕沟被潺潺的流水填满了。一只胸脯下带着美丽条纹的雀儿，跳过来开始唱歌。天光渐亮，早晨不久就到来了。几乎每天一早都有一只新生的羊羔降生到羊圈里。母鹅正坐在九个蛋上。天空似乎更宽广了，到处都是和畅的风。夏洛的旧网里剩下的最后几缕丝线也被吹得无影无踪了。

一个阳光遍地的早晨，吃过早饭的威伯又在观察他那珍贵的卵囊了。他本来没有抱太大的期望的，可是当他静静地站在那里观望时，居然发现有什么在那里动。他便走近一些盯着它看，一只很小的蜘蛛从卵囊里爬出来了。它还没有一颗沙粒大，也并不比一根大头针的针头大。它的身体是灰的，下面带有黑色的斑纹，它的腿是灰褐色的，它看起来就像夏洛一样。

看到它时，威伯惊喜得浑身颤抖起来。这只小动物向他爬过来。威伯朝卵囊走得更近了。两只更小的蜘蛛也爬了出来，在空中飘浮着。他们在卵囊周围爬了一圈又一圈，探索着他们的新世界。接着又出来三只更小的蜘蛛，接着是八个，然后是十个。夏洛的孩子们最后都在这儿了。

威伯心里充满了骄傲。他幸福地狂叫起来。接着他开始转着圈儿地跑，把牛粪向空中踢去。然后他又跑回来，抬起他的前脚，停到了夏洛的孩子们面前。

"你们好！"他说。

第一只小蜘蛛也说了"你好"，但它的声音太小了，威伯根本没听到。

"我是你们妈妈的一个老朋友，"威伯说，"我很高兴能看到你们。你们都好吗？什么都好吗？"

小蜘蛛们对他挥动着他们的前腿。威伯见了知道他们也很高兴看到他。

"我能为你们做任何事吗？你们有任何需要帮忙的吗？"

年轻的蜘蛛们只是朝他挥挥脚。一连几天几夜，他们就这么这里那里、上下左右地爬着，对威伯挥着脚，从身后扯出细小的丝线，在他们的家里探险。这里足有几百只蜘蛛。威伯虽然数不过来，却知道他有了无数的新朋友。

他们长得很快，不久就都像弹丸那么大了。他们在卵囊附近还织了很多小网。

一个寂静的早晨，当祖克曼先生打开北边的门时，有件事情发生了。从谷仓地窖里轻轻吹出一股温暖的上升气流。空气中满是泥土的清芬，树木的香味，甘甜的春天气息。小蜘蛛们感受到了这温暖的上升气流。一只蜘蛛爬到了栅栏上面，然后他做了件令威伯非常惊奇的事。这只蜘蛛把腿放到头上，把身后的丝囊对向天空，开始放出云一样的游丝。这些丝线形成了一个大气球。就在威伯看着的时候，这只蜘蛛让自己离开栅栏往天空飞去。

"再—见！"当他飞过门口时说。

"等一等！"威伯尖叫道，"你想去哪里？"

但是这只蜘蛛已经远得看不见了。然后另一只蜘蛛也爬上了栅栏，把腿放到头上，做了一个气球，向天空飞去。然后是又一只，又是一只。空中不久就充满了无数的小气球，每个气球下都挂着一只蜘蛛。

威伯已经发狂了。夏洛的宝宝们都以惊人的速度消失了。

"回来吧，孩子们！"他哭喊道。

"再—见！"他们回答，"再—见，再—见！"

最后一只飞去的小蜘蛛在造他的气球之前和威伯谈了一会儿。

"我们要随着这温暖的上升气流离开这里了。这是我们起航的时刻。我们是气球驾驶员，我们要到世界各地，为我们自己织网。"

"可你们去哪里呢？"威伯问。

"风把我们带到的任何地方。不管是高处、矮处、近处、远处、东边、西边、北边还是南边。我们乘着微风，我们开心地离去。"

"你们都要走吗？"威伯问，"你们不能都走，我一个人在这里，会没有朋友的，你们的妈妈不想发生这种事，我能肯定。"

空中满是气球驾驶员，谷仓的地窖里现在看起来就像起了一层大雾。气球们一个接一个地升起，盘旋，从门口飘远，在和畅的蕙风里航行着。无数声"再—见，再—见，再—见！"轻轻地不断传进威伯的耳朵。他受不了再这么看下去了。他悲痛地倒在地上，闭上了眼。被夏洛的孩子们遗弃之后，威伯感觉就像到了世界的末日，威伯孤独地痛哭着睡了过去。

当他醒来时，已经快到傍晚了。他看看卵囊，它已经空了。他朝空中望去，气球驾驶员们也都走了。他凄伤地走到门口，来到夏洛的网曾经存在过的地方。他正站在那里，追怀着她时，他听到了一个细小的声音。

"致敬！"那声音说，"我在这上面。"

"我也是。"另一个细微的声音说。

"我也是，"第三种声音说，"我们三个留下来了。我们喜欢这里，我们也喜欢你。"

威伯抬头望去。在门框的上方有三个小蜘蛛正在那里织网呢。每一个网里，都有一个正在忙碌地工作着的夏洛的孩子。

"我可以这么想吗？"威伯问，"你们决定住在这谷仓地窖里，而我也将有了三个新朋友了吗？"

"你可以这么想。"蜘蛛们说。

"请问，你们都叫什么？"威伯带着狂喜问。

"我将把我的名字告诉你，"第一只小蜘蛛回答，"如果你告诉我你为何颤抖的话。"

"我在颤抖是因为极度的快乐（Joy）。"威伯说。

"那么我的名字就叫乔利（Joy）吧。"第一只小蜘蛛说。

"我妈妈的中间名字是什么？"第二只小蜘蛛问。

"A。"威伯说。

"那么我的名字就叫阿兰娜吧（Aranea）。"这只小蜘蛛说。

"那么我呢？"第三只小蜘蛛问，"你能给我一个好名字吗——不太长，不太夸张，也不要太沉闷的？"

威伯使劲儿想起来。

"内利（Nellie）？"他建议。

"很好，我非常喜欢，"第三只蜘蛛说，"你可以叫我内利。"她动作优雅地把一根圆线织到了身边的网里。

威伯的心里盛满了幸福。他感到应该为这个重要时刻发表一场简短的演说。

"乔利！阿兰娜！内利！"他开始说，"欢迎你们到谷仓地窖来。你们已经选择了在一个神圣的门口拉你们的网。我只想告诉你们，我非常热爱你们的母亲。我的生命就是她挽救的。她是卓越的，美丽的，对朋友的忠诚直到生命的最后一刻。我将永远珍藏着对她的回忆。对你们——她的孩子们，我要发誓，我们的友谊，将永远不变。"

"我发誓。"乔利说。

"我也发誓。"阿兰娜说。

"我也是。"刚设法捉到了一只小咬儿的内利说。

对威伯来说，这是个幸福的一天。以后，也是一连串幸福、宁静的日子。

威伯从来没有忘记过夏洛。尽管他是那么的爱她的孩子们和孙女们，但没有一只新来的蜘蛛能代替夏洛在他心中的位置，她是独一无二的。很少有人能同时既是真正的朋友，又是天才的织网家。而夏洛却是。

生命不因种类相异而卑微，不因外表丑陋而失落。让生命熠熠生辉的，是无私的奉献和知恩图报的信念。蜘蛛夏洛对朋友母亲般宽容的爱护和知己般无私的付出，成就了小猪威伯幸福的一生，而挽救夏洛的子女也是威伯无愧于自我，感恩夏洛的证明。有时，对待生命、朋友和自身，人类在动物身上能收获更多。

为信仰而坚守，为所爱而忠诚，你会收获前所未有的幸福。

向军犬黄狐致敬吧，因为他用忠诚捍卫了承诺。向蜘蛛夏洛致敬吧，因为她用生命保护了情谊。向所有动物致敬吧，因为他们无私退让，用牺牲换来了人类的荣光。我们都是自然的孩子，莫要辜负这一尺清流，三寸日光，与那土地上可爱的生灵。在我们成长的路上，让双手抚平创伤，让爱与奉献回归心境。